최은영 조남주
정용준 이나경
강지영 박민정
김선영 김멜라
양원영 조예은

자음과모음

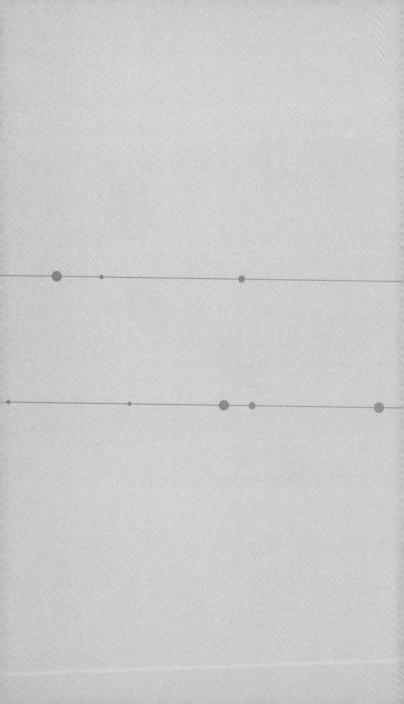

차례

최은영   임보 일기 … 7

조남주   테라스가 있는 집 … 23

정용준   세상의 모든 바다 … 41

이나경   너를 부른다 … 59

강지영   덤덤한 식사 … 77

박민정   질주 … 93

김선영   식초 한 병 … 115

김멜라   유메노유메 … 133

양원영   묘령이백 … 153

조예은   유니버설 캣숍의 비밀 … 171

임보 일기  최은영

최은영

2003년, 작은 고양이 레오를 만났다.

2012년, 미오, 마리를 만났다. 2013년, 포터를 만났다.

네 마리 고양이를 만난 것이 인생의 가장 큰 행운이었다고 생각한다.

2013년 『작가세계』를 통해 소설을 발표하기 시작했다.

소설집 『쇼코의 미소』 『내게 무해한 사람』 등을 냈다.

고양이는 지하주차장 구석 바닥에 배를 바짝 깔고 귀를 뒤로 젖혔다. 크림색 페르시안 장모종 고양이였는데, 길 생활에 잘 적응하지 못한 태가 났다. 털에는 회색 때가 얼룩덜룩 묻어 있었고 한쪽 눈은 다른 길고양이에게 긁혀서인지 부어 있었다. 윤주는 아파트 단지 길고양이의 면면을 알고 있었는데, 이 아이는 처음이었다. 주인을 찾아줘야 해. 그것이 윤주가 한 첫 번째 생각이었다. 금요일 저녁이었고, 다음 날 일정도 없었다.

고양아. 괜찮아.

윤주는 주차장 구석 모퉁이에 웅크리고 앉은 고양이에

게 다가갔다. 길고양이라면 이런 식으로 잡는 것이 불가능했겠지만, 고양이는 하악질을 하면서도 쉽게 윤주의 두 손에 잡혔다. 윤주는 바닥에 내려놓았던 배낭에 고양이를 넣고 지퍼를 잠갔다. 순한 아이가 분명했다. 팥빵이 같았으면 꿈도 꿀 수 없는 일이었을 텐데. 윤주는 팥빵이를 이동장에 넣을 때마다 곤란을 겪었던 일을 떠올렸다. 애인이 이동장을 세로로 세우고, 윤주가 팥빵이를 잡아서 위에서부터 넣으려고 해도 팥빵이는 이동장에 들어가지 않으려고 네발로 버티곤 했다.

윤주는 고양이를 데리고, 팥빵이가 다니던 병원에 갔다. 3년 만에 찾아간 것이었는데도, 원장은 윤주를 알아보고 반가운 내색을 했다. 이 병원에 다시 올 거라고는 생각하지 못했다. "제가 무슨 생각으로 동물을 키웠을까요." 울면서 그런 말을 하는 윤주에게 원장은 미안한 표정을 지었었다.

원장은 고양이를 검진했다. 치아 상태를 보고 많아 봐야 3년 정도 된 아이일 거라고, 중성화수술도 되어 있다고 했다.

"주인이 실수로 잃어버린 것 같네요. 며칠은 길에서 헤맨 것 같은데. 먹은 게 있는지 모르겠어요."

원장은 그렇게 말하고 물그릇을 고양이 앞에 놓아주었다. 원장의 책상에 얼음처럼 앉아 있던 고양이가 물그릇을 보더니 코까지 박고서 정신없이 물을 먹었다. 캔을 뜯어주자 고르릉 소리까지 내면서 캔 하나를 다 먹었다. 원장은 고양이 눈의 상처를 소독하고 상처가 덧나지 않게 연고를 바르는 방법을 보여줬다.

집에 오자 고양이는 욕실 변기 뒤에 숨었다. 윤주는 창고에 넣어놓았던 팥빵이의 화장실을 꺼내서 모래를 부었다. 부엌 찬장 꼭대기에 두었던 팥빵이 전용 그릇을 꺼내어 동물병원에서 사온 사료를 붓고 물을 따랐다.

"고양아. 밥 여기 있어."

윤주는 밥그릇과 물그릇을 고양이가 숨어 있는 화장실 입구에 갖다 놓았다. 죽은 팥빵이의 물건들을 제대로 정리하지 않은 건 윤주만의 비밀이었다. 밥그릇은 그렇다 쳐도, 죽은 고양이의 플라스틱 화장실까지 버리지 못하는 걸 이해해줄 수 있는 사람은 없다. 사실 윤주 자신도 그런 자신을 온전히 이해할 수가 없었다. 플라스틱 화장실에도 팥빵이의 존재가 여전히 붙어 있는 것 같다는 말을 윤주는 누구에게도 하지 못했다.

고양이는 변기 뒤에 앉아서 윤주를 바라봤다. 긴장이

조금 풀렸는지 두 앞발을 나란히 앞으로 뻗은 채로 눈을 깜빡였다. 다른 페르시안에 비해서도 얼굴이 크고, 가만히 보니 꽤나 느긋해 보이는 인상이었다. 도톰한 앞발도 컸다. 눈은 호박색이었다. 윤주는 자신이 고양이를 바라보고 있다는 것도 잠시 잊고서 그 애의 모습을 봤다. 고양이가 눈을 가늘게 뜨며 윤주에게 눈 뽀뽀를 했다.

잠결에 침대 위의 핸드폰에 손을 뻗었는데 뭔가 부드러운 것이 손등에 닿았다. 안경을 찾아 쓰고 보니 고양이가 윤주의 다리 옆에서 웅크리고 앉아 있었다. 눈을 마주치자 고양이가 두 앞발을 쭉 펴고 기지개를 켜고서 윤주의 얼굴 가까이 다가왔다. 윤주가 조심스럽게 고양이의 머리를 쓰다듬었다. 고양이는 눈을 감고서 골골송을 불렀다.

고양이는 부드럽고 따뜻했다. 동그란 얼굴에 젊은 고양이 특유의 생기가 감돌았다. 어쩌다가 주인을 잃었니. 어쩌다가 집을 나왔어. 그렇게 생각하면서도 어쩌면 고양이가 누군가로부터 유기되었을지도 모른다는 상상이 스쳤다.

어떤 사람들은 키우던 동물을 버린다. 털이 날린다고,

똥오줌 냄새가 난다고, 더 이상 어리지 않아서 귀엽지 않다고, 아프다고, 늙었다고, 감당이 되지 않는다고 버린다. 그런 인간들도 가족이라고 생각해서 정을 주고, 온전한 믿음을 준 동물들을 생각할 때면 윤주는 마음이 아팠다. 고양이를 사랑하면 할수록, 윤주는 어쩐지 인간에게서 더 거리감을 느끼게 됐다. 인간은 그런 동물이다. 아니, 그럴 수 있는 동물이다. 배신할 수 있는 동물. 자신의 배신이 온전히 약한 생명에게 죽음을 가져올 수 있다는 걸 알면서도 그럴 수 있는 동물.

윤주는 고양이의 사진을 찍어서 전단을 만들었다. 발견된 시간과 장소, 추정 나이, 성별, 성격과 행동거지, 울음소리까지 자세히 적었다. 앞모습을 가장 큰 사진으로 두고, 뒷모습과 옆모습 사진도 작게나마 넣었다. 윤주가 사는 아파트 단지를 중심으로 주변 아파트 단지와 담벼락과 전봇대에, 동네의 크고 작은 동물병원 여섯 군데에 양해를 구하고 전단을 붙였다. 네이버 고양이 카페와 지역 주민 커뮤니티 카페에도 가입해서 글을 올렸다.

일주일이 지났지만 누구에게도 연락이 오지 않았다. 윤주는 하루 날을 잡아서 인터넷에 글을 다시 올리고, 조금 더 촘촘하게 전단을 붙였다. 고양이의 귀여운 얼굴을 볼 때면, 고양이를 잃은 상상 속 주인의 안타까움이 떠올랐다. 네이버 카페와 트위터에 '고양이를 찾습니다'와 '서울 중랑구'를 함께 입력해서 검색했다.

팥빵이를 키울 때, 윤주가 가장 두려워했던 건 팥빵이를 잃어버리는 일이었다. 죽음은 받아들일 수 있지만, 실종은 감당할 수 없다고 생각했다. 키우던 동물을 잠깐의 실수로 잃어버린 사람들의 사연을 읽으며 윤주의 가슴이 두근거렸다. 이미 팥빵이는 세상에 없는데도, 마치 여전히, 자신이 팥빵이를 잃어버릴 수 있는 사람인 것처럼.

한 달이 지났지만 고양이를 찾는다는 연락은 오지 않았다.

동물병원 원장은 아마도 실종이 아니라 유기일 것이라고, 실종이라고 하더라도 이 정도도 찾아보지 않는 건 유기와 다를 바 없다고 말했다. "윤주 씨가 그냥 키우세요." 그렇게 말하는 원장에게 윤주는 고개를 저었다. 다시 고양이를 사랑하고 싶지 않았다. 다시는 그런 아픔을 경험하고 싶지 않았다. "혹시나 주인이 아직 찾고 있을까 봐." 그런 말을 하는 윤주의 얼굴을 원장은 무표정하게 바라봤다.

한 달간의 동거였지만, 이미 고양이는 윤주에게 마음을

주고 있었다. 퇴근하고 돌아오면 뱃살을 덜렁거리며 현관문으로 뛰어나왔고, 두 발로 서서 윤주의 다리에 붙었다. 윤주가 방으로 들어가면 앞서서 걷다가 옆으로 쓰러져서 배를 보이고 꼬리로 바닥을 툭툭 쳤다. 윤주가 밥을 먹을 때도, 인터넷을 할 때도 고양이는 윤주를 주시했고 눈이 마주치면 눈 뽀뽀를 했다. 자려고 침대에 가면 따라와서 윤주의 팔에 기대고 자다가 아침이면 윤주의 배 위에 올라와서 꾹꾹이를 하기도 했다. 배 위에서의 꾹꾹이는 팥빵이를 오래 키우면서도 한 번도 받아본 적 없었던 대접이었다. 고양이는 천성이 다정한 아이였다.

자기 곁에 누워서 잠을 자는 고양이를 볼 때면 시간이 금방 갔다. 작은 콧구멍으로 숨을 쉬면서, 동그란 배가 위아래로 조금씩 움직이고, 꿈에서 달리기를 하는 듯 앞발을 움찔거리는 고양이. 배에 귀를 대보면 심장 뛰는 소리가 들렸다. 고양이의 심장에서 뿜어져 나온 피가 다시 고양이의 심장으로 순환하는 소리에 윤주는 새삼스럽게도 마음이 아프곤 했다.

모르는 곳에 나왔을 때 얼마나 무섭고 어리둥절했니. 나는 누가 널 버렸다고 생각하고 싶지 않아.

두 달이 지나고, 윤주는 고양이가 유기되었거나, 실종되었더라도 그럴 사정이 있었으리라는 판단을 내렸다. 다시 고양이를 키우지 않기로 마음먹었으므로, 좋은 사람에게 입양을 보내기로 결심했다. 아는 사람, 적어도 아는 사람의 아는 사람에게 보내고 싶었지만 주변에 성묘 입양을 원하는 사람이 없었다.

'고양이(3세 추정, 중성화 완료 수컷)의 가족을 찾습니다. 순한 개냥이예요.'

윤주는 카카오톡 프로필에 고양이 사진을 올리고, 입양 가족을 찾는다는 내용을 적었다. SNS 계정이라도 있었으면 홍보를 더 잘할 수 있었을 텐데. 윤주는 네이버 '고양이라서 다행이야'와 '냥이네'에도 입양 홍보글을 올렸다. 사진은 신중하게 선택해서 올렸다. 분홍색 보타이를 매고 위를 바라보고 있는 사진, 이불 안에 들어가서 자는 사진, 한쪽 앞다리를 들어서 '안녕' 인사하는 것처럼 보이는 사진도 올렸다.

'학생 문의 사절합니다. 앞으로 임신을 준비 중인 부부도 안 됩니다. 마지막까지 책임져줄 수 있는, 경제적으로 안정된 성인 반려인을 구합니다.'

글을 딱딱하게 써서인지, 아깽이 대란 시즌이어서인

지 입양 문의 쪽지나 답글이 거의 없었다. '귀여운 아인데 안됐네요.' '고양아, 좋은 가족 만나.' 같은 응원 답글이 전부였다. 윤주는 수시로 카페와 네이버 쪽지와 메일을 확인하면서 입양 문의가 오기를 기다렸다. 입양 글을 올린 지 일주일이 지났을까. 고양이와 함께 자리에 누웠을 때 새 메일이 왔다는 알림이 떴다.

'입양 문의드려요.'라는 제목의 메일이었다.

'안녕하세요. 고다에서 보고 연락드려요. 어떤 말씀부터 드려야 할지. 저는 서른셋 여자고, 남편과 둘이 살고 있어요. 어제 고양이 사진을 처음 보고, 계속 마음에 남아서 연락드려요. 이런 문의드리는 거 처음이에요. 고다에 가입한 지도 꽤 됐는데 한동안은 눈팅만 했었거든요. 앞으로 임신 준비 중인 부부는 안 된다고 하셨는데 남편이랑 고양이 키우는 거에 관한 얘기 다 됐구요. 아이 가질 계획도 없어요. 저도 중학교 때부터 취직해서까지 고양이 한 마리를 15년 키운 경험도 있어요. 충동적으로 말씀드리는 것 아니니까 한번 생각해보고 연락 주세요.'

윤주는 핸드폰에 눈길을 잠시 주다가 메일함을 나왔다. 아이가 없는 부부에게는 보내고 싶지 않은 것이 솔직한 심정이었다. 아무리 부부가 고양이를 잘 키우고자 합의

했다고 하더라도 남자 쪽 가족들이 끼어들면 문제가 생기곤 했다. 며느리가 임신해서까지도 별말 없던 시가 식구가 출산 직후부터 고양이를 내다 버려야 한다고, 애한테 안 좋다고 매번 이야기한다든지, 난임 부부에게 고양이가 있어서 애가 안 생기니 갖다 버리라고 얘기하는 경우라든지. 그런 이야기는 고양이 커뮤니티에서 언제든지 볼 수 있는 고민 글의 유형이었다.

시가 식구들이 왜 고양이 키우는 것에까지 상관인가, 왜 그런 말에 영향을 받나, 라는 생각도, 그런 주제넘은 참견에 져서 실제로 고양이를 파양하는 사람들에게 화가 나기도 하다가도, 고양이를 너무 사랑하는데도 시가의 압박 때문에 어쩔 수 없이 파양해야 하는 경우도 있으리라는 생각을 하기도 했다. 그런 결혼이라는 게 뭘까.

'보내주신 메일 잘 받았습니다. 입양 글에 올렸듯이, 저는 아이가 없는 신혼부부에게는 고양이를 입양 보내지 않기로 했습니다. 임신 계획이 당장 없으시다고 하더라도, 마음이 바뀌거나 아이가 생기게 되면 고양이를 파양하는 경우가 종종 있어서요. 이미 아픈 일을 겪은 아이여서 두 번째 가족은 아이를 무지개다리 건널 때까지 맡아줄 수 있는 분들이었으면 좋겠어요.'

다음 날 아침, 회사 컴퓨터로 메일 답장을 보내고 윤주
는 사진첩의 고양이 사진들을 봤다. 눈을 마주치고, 살을
대고 지낸다는 건 생각보다 큰일이었다. 회사에 와서는
늘 고양이 생각을 했고, 퇴근하는 길에는 고양이를 빨리
보고 싶다는 생각에 언덕길을 뛰어 올라가기도 했다. 자
신을 보고 반가워하는 고양이를 보면 기다리게 해서 미
안하다는 마음도 들었다.

집으로 돌아가 재활용 쓰레기를 버리고 오니 다시 메
일이 와 있었다.

'이런 이야기까지 드리면 불편하실지 모르겠지만 저희
는 평생 아이 없이 살기로 약속을 했어요. 약속만이 아니
라, 남편은 수술도 받았어요. 혹시 증명이 필요하시면 보
내드릴게요. 아이 없는 부부에게 입양 보내기 싫으신 거,
저도 당연히 이해하고 있어요. 저도 결혼 전에 고양이 임
보를 두 번 했었고, 그런 조건 걸렸던 적 있었어요. 제 아
이디를 클릭하시면 제가 올린 입양 글과 제가 예전에 키
웠던 고양이에 대한 글이 있어요. 보시고, 다시 판단해주
시면 감사하겠습니다.'

윤주는 고다에 들어가 그녀의 아이디를 클릭했다. 그녀
의 말대로 그녀는 두 마리의 고양이를 임보하고 입양 보

냈다. 한 마리는 장에 문제가 있어서 일주일간 입원을 했는데, 그녀가 매일 병원에 가서 아이를 보고, 퇴원 후 완치될 때까지 돌보아서 입양을 보내기도 했다. 입원 비용과 약 비용이 얼마나 비싼지 윤주는 알고 있었다. 그녀는 장난삼아 고양이를 키울 사람이 아니었다.

윤주는 그녀가 올린 예전 글들을 봤다. 키우던 고양이의 죽음 뒤에 올린 글이 세 개 있었고, 고양이의 투병기도 세 개 있었다.

'이만큼 버틴 것을 보고 의사 선생님은 기적이라고 말씀하셨어요. 이렇게 관리하면서 불편 없이 살 수 있는 게 기적이라고요. 처음 이 아이 이름을 정할 때, 누가 음식 이름으로 고양이 이름을 지으면 오래 산다고 해서 그렇게 했던 게 다행이라는 생각까지 들었어요. 그런 작은 것 하나하나를 다 되짚으며 의미를 얻고 싶어서인지. 고양이 이름이 만두가 뭐야. 사람들이 웃으며 말하긴 했지만. 그렇게 이름 지어서 아직도 만두가 저랑 같이 있는 거 아닌가 하는 생각이 들어요.'

만두라는 고양이는 윤주가 임보하는 고양이와 닮아 있었다. 종도, 성별도 달라서 고양이를 키우지 않는 사람이라면 닮은 부분이 전혀 없다고 볼 수도 있었지만. 사람을 바라보는 눈빛, 눈을 감았을 때의 얼굴, 장난칠 때의 표정까지도 비슷했다. 그녀가 올린 글을 모두 읽고 나서, 윤주는 얼굴에 흐른 눈물을 닦았다. 그녀는 이 끝이 어떨 것일지를 다 알면서도, 다시 시작하려 하는 사람이었다.

윤주는 그녀의 메일에 답을 보냈다. 하루 날을 잡아서, 남편과 함께 고양이를 보러 오라고, 조금이라도 얼굴을 보고 이야기해보자고.

고양이는 윤주의 발등에 얼굴을 베고서 작은 혀를 조금 내밀고 그녀를 바라봤다. 더 정을 주지 않으려고 이름조차 짓지 않았는데도, 피부를 맞대고 맥박을 느낀 다정한 존재의 무게가 가벼울 수는 없었다. 윤주는 고양이의 머리를 쓰다듬었다. 고양이와 함께할 시간이 이제 얼마 남지 않았다고 생각하면서. 마음은 아프지만, 행복한 헤어짐도 가능할 수 있다는 사실을 조금은 예감하면서.

테라스가
있는 집 · · · 조남주

치즈태비 코숏 '봄'과 살고 있다.
동사(凍死)의 위기에서 구조된 한 줌 고양이를 2년 만에
'혹시 타고 다니는 건 아니냐'고 의심받는 거대 고양이로 키워냈다.

2011년 『문학동네』를 통해 소설을 발표하기 시작했다.
소설집 『그녀 이름은』, 장편소설 『귀를 기울이면』 『고마네치를 위하여』
『82년생 김지영』 『사하맨션』 등을 냈다.

세상에, 테라스라니. 하품 끝에 그렁그렁 맺혔던 눈물이 주룩, 흐르며 지나의 눈이 반짝 커졌다.

"이 집으로 하자."

유성은 부동산 사장님을 한번 돌아보고는 속삭이듯 그래, 그래, 했다.

"계약해. 계약하자. 테라스 좀 봐."

"그래, 여기도 후보. 근데 둘이 살기에 조금 좁을 것 같은데."

지나는 홀린 듯 맨발인 채 테라스로 성큼성큼 걸어 나갔다. 나무 의자에 앉았다가 텃밭 화분을 살피다가 까치

발로 난간 너머를 내다보며 말했다.

"근데 난간 위로 뭘 더 올리긴 해야겠다. 이 높이면 쿠키가 넘겠어."

포기한 듯 유성이 덧붙였다.

"쿠키는 소심하잖아."

"맞아. 위험한 짓 하지는 않을 거야. 그래도 혹시나."

유성은 더 이상 대꾸하지 않았다. 집 안을 둘러보지도, 테라스 너머를 내다보지도 않았다.

전에 살던 전세 원룸은 창이 옆 건물 벽을 향해 나 있었다. 아침에는 씻고 출근하느라 창밖을 내다볼 틈도 없었고 퇴근하고 돌아오면 한밤중이었다. 지나에게 창은 그저 벽의 까만 부분이었다. 답답한 줄도 모르고 계약을 연장해 4년이나 살았다. 위치와 보증금이 적당한 원룸 전세를 구하기가 쉽지 않았다.

쿠키가 오고 난 후에야 창 너머 풍경에 마음이 쓰였다. 회색 벽, 건물과 건물 사이 좁은 틈으로 보이는 한 뼘짜리 하늘, 반쪽짜리 구름. 이게 쿠키의 세상 전부구나. 지나는 65만 원의 월세를 감수하고 전면이 탁 트인 오피스텔 7층으로 이사했다. 갑자기 목돈이 나가니 생활이 빠듯

했지만 지나도 좋았다. 새집에서는 창 너머로 작은 거리 공원과 6차선 대로가 보였다. 도로에는 늘 차가 많고 공원에는 종일 사람들이 오갔다. 아침에는 어르신들이 운동기구를 이용하고, 낮에는 근처 어린이집 아이들이 삐약삐약 뛰어다니고, 저녁에는 젊은 사람들이 줄넘기나 배드민턴을 했다.

창 앞에 캣타워를 놓았다. 쿠키는 캣타워 꼭대기에서 창밖 보는 것을 좋아했다. 갑자기 목을 쭉 빼기도 하고 동공이 커지기도 하고 가끔은 허공을 보며 채터링도 했다. 특히 비 구경을 좋아했다. 하나의 빗방울을 정해놓고 눈으로 좇다가 그 빗방울이 사라지면 다른 빗방울을 좇고, 또 다른 빗방울을 좇고, 또 다른 빗방울을 좇았다. 빗방울은 유리 위를 구불구불 흐르다 다른 빗방울과 합쳐졌다. 커다란 빗방울이 주르륵 미끄러져 흘러내리면 쿠키는 그걸 붙잡겠다고 유리창을 앞발로 짚다가 핥다가 의아한 듯 고개를 갸웃거렸다.

지나는 창을 아주 조금 열고 쿠키를 안아 앞발을 내밀어주었다. 쿠키가 가만있지 않았다. 막 낚싯바늘에서 풀려난 물고기마냥 버둥거리다 날듯 도망가버렸다. 하긴, 안겨 있지도 않는 녀석인데. 알면서도 아쉬워 지나 혼자 중얼거렸다. 쿠키야, 네가 좋아하는 비야.

"비를 맞고 밟고 피하면서 몸으로 느끼게 해주고 싶었어. 내가 아무리 예뻐하고 놀아주고 간식을 종류별로 사다 먹인다고 해도 그게 끝이잖아. 바람도 없고 계절도 없고 꽃도 낙엽도 비도 눈도 없는 방 한 칸에서 쿠키가 정말 행복한지 자신이 없었어. 나랑 사니까 좋아? 나랑 사는 거 좋지? 구차하게 묻고 또 물었어. 아프면 내가 가둬서 아픈 것 같고 자고 있으면 내가 가둬서 잠만 자는 것 같았어. 회사에 있다가 급식기에서 밥 나오는 시간이 되면 쿠키는 지금쯤 혼자 오독오독 사료를 씹고 있겠구나, 마음이 아팠어. 땅을 밟고 나무를 긁고 작은 동물이나 곤충을 잡으면서 볕이 잘 드는 곳에서 낮잠도 자고 갑자기 쏟아지는 비를 피해 숨어드는 삶이 짧고 위험하더라도 차라리 더 행복하지 않을까 생각했어. 근데 테라스가 있다면, 비도 맞고 꽃잎도 뜯고 흙도 파헤칠 수 있다면, 너무 좋을 것 같아. 조금은 덜 미안할 것 같아."

쿠키는 유성의 무릎에 늘어져 있었다. 유성은 오른손 바닥으로 쿠키의 작고 동그란 뒤통수를 쓰다듬으며 왼손 검지로 턱과 입가를 살살 긁었다. 골골 소리가 맞은편에 앉은 지나에게 들릴 정도로 컸다. 나이를 먹고 덩치가 커지면서 쿠키는 사람처럼 숨을 쉬고 코를 골았다. 가끔은 하얀 배를 드러내고 대자로 누워서 잤다.

하지만 지나 아닌 사람에 대한 경계가 대단했다. 초인종 소리, 현관 너머의 발자국 소리, 전단지 붙이는 소리에도 행거 아래로 몸을 숨겼다. 종종 놀러 오는 지나의 친구들은 대체 이 집에 고양이가 있긴 한 거냐고 물었다. 그런 쿠키가 처음 집에 온 유성의 다리에 몸을 비비며 다가갔다.

"나비야, 안녕?"

유성은 섣불리 손을 내밀지 않고 다리만 그대로 뻗은 채 쿠키에게 인사했다.

"나비가 뭐야. 유성 씨 꼭 할머니 같아."

"같이 살았던 나비랑 비슷하게 생겨서. 걔도 고등어였어."

"고양이를 키웠어?"

"아주 잠깐. 어렸을 때."

유성의 외가는 마당을 나서면 바로 논밭이 보이고 대문에 걸쇠가 없는, 동화에 나올 법한 농촌 마을이었다. 동네 고양이들이 집 안팎을 자유롭게 드나들었다. 딱히 할머니네 고양이라고 할 수는 없지만 할머니가 닭고기와 생선, 물을 챙겨주는 고양이가 한 마리 있었다. 어느 날 마당 구석의 비어 있는 개집에 새끼를 여섯 마리나 낳았다. 유성은 꼬물꼬물한 새끼들이 너무 귀엽고 예뻐서 엄마와 할머니의 반대를 무릅쓰고 한 마리 데려왔다.

"나야 그냥 예뻐만 하면 됐지만 어머니는 신경 쓰실 게 많았지. 매일매일 똥 치우고 모래 치우고 털 청소하는 거 힘들다고 하시더니 다시 외할머니 집으로 보내버리셨어. 한 달 정도 같이 살았던 거 같아."

"속상했겠네."

"보낼 때는 오히려 그렇게 속상하지 않아. 외할머니네 가면 언제든 볼 수 있다고 생각했으니까. 거긴 나비네 가족도 있고. 엄마도 그런 식으로 나를 설득했어. 너 엄마, 아빠, 누나랑 떨어져 살 수 있겠냐고. 보내주는 게 나비를 위한 거라고. 근데, 나중에 외할머니네 갔는데……."

유성은 잠깐 말이 없었다. 지나는 혹시 죽었다고 할까봐 무서워서 묻지 못했다.

"누가 나비인지 알아볼 수가 없었어."

같이 태어난 다섯 마리에 그사이 할머니네 드나들게 된 새끼 고양이들이 또 두 마리. 그중 넷이 비슷한 무늬였다. 할머니는 모든 고양이를 나비라고 불렀다. 유성이 나비야, 했는데 아무도 다가오지 않았다.

"나비한테도 실망했지만 나한테 정말 실망했어. 내 첫 고양이였는데. 내가 나비를 알아보지 못할 줄은 몰랐어."

유성이 말하는 내내 쿠키는 유성의 발등에 얼굴을 얹고 잤다. 지나는 이 모든 것이 운명처럼 느껴졌다. 유성과 너무 빠르게 가까워지는 것도, 결혼 얘기가 나온 것도 거북하지 않았다.

지나의 집에서 청첩장 작업을 했다. 속지가 있는 청첩장을 선택하는 바람에 일이 많았다. 양면테이프로 속지를 일일이 붙여 봉투에 넣고 미리 출력해놓은 주소 라벨을 붙였다. 지나의 청첩장이 더 많았다. 지나는 정말 가까운 사람들만 부르고 싶었는데 개혼이라 부모님 손님이 너무 많았다.

창을 닫은 채 내내 에어컨을 틀어놓았더니 머리가 멍하고 숨이 막혔다. 유성이 답답하지? 하더니 창을 열고 맞은편의 현관문도 조금 열어서 스토퍼로 괴어놓았다. 지나는 문틈이 넓다 싶었지만 싫은 소리를 하고 싶지 않았다. 사실은 자신 때문에 작업이 늦어지는 것 같아 눈치가 보였다. 쿠키가 창가 캣타워에서 자는 것을 확인하고 다시 라벨 붙이는 데에 집중했다.

청첩장 정리를 다 마치고 나서야 쿠키가 없다는 사실을 알아차렸다. 상자 속이나 침대 안이나 테이블 아래도 아니고 캣타워 맨 꼭대기에 있었는데 언제 내려왔을까. 어디로 나갔을까. 어떻게 전혀 몰랐을까. 그사이 한 번도 쿠키 쪽을 돌아보지 않았단 말인가.

지나가 휴대폰을 들어 빠르게 번호를 눌렀고 유성이 지나의 손목을 잡았다.

"뭐 하는 거야?"

"실종신고."

전화기 너머에서 '긴급신호 112입니다.' 하는 목소리가 들렸다. 유성이 뺏다시피 전화기를 가져가서 잘못 눌렀습니다, 죄송합니다, 했다. 지나가 소리를 질렀다.

"지금 뭐 하는 거야?"

"경찰이 고양이 실종신고를 받겠어? 지나 씨, 정신 똑바로 차려! 그래야 쿠키 찾을 수 있어!"

지나는 쿠키가 좋아하는 캔을 따서 들고 복도로 나갔다. 쿠쿠쿠, 쿠쿠쿠쿠, 쿠쿠…… 허겁지겁 밥을 먹는 쿠키를 쓰다듬으며 부르던 애칭. 그때처럼 경쾌하게 부르려고 했는데 자꾸만 목소리가 잠겼다. 7층 복도를 한 바퀴

돌고 계단을 따라 한 층씩 돌아보며 1층까지 갔다가 다시 한 층씩 올라가서 17층 끝까지 샅샅이 찾았다. 쿠키는 없었다.

실종동물찾기 앱과 고양이 관련 카페, 지역 SNS에 글을 올리기 위해 쿠키 사진을 골랐다. 아무래도 사람들이 위에서 내려다보게 될 것 같아 등 무늬가 잘 나온 사진과 정면 얼굴 사진 두 장을 선택했다. 사진을 고르며 보니 지나의 폰에는 거의 쿠키 사진뿐이었다. 속상하고 미안하고 스스로를 용서할 수 없었다.

유성이 근처 피시방에서 전단지를 출력해 오피스텔 주변에 붙이는 동안 지나는 현관문 밖에 쪼그려 앉아 있었다. 혹시 쿠키가 돌아올지도 모른다는 생각이 들어서였다. 지나는 유성에게 왜 그렇게 문을 활짝 열어두었느냐고 따져 묻고 싶었다. 유성 때문에 쿠키를 잃어버렸다고 화를 내고 싶었다. 하지만 그렇게 하지 못했다. 유성 역시 지나만큼 열심히 쿠키를 찾고 있었다.

지나는 다음 날 하루 휴가를 냈다. 오피스텔을 한 번 더 돌아보고 근처 가게들에 전단지를 돌렸다. 그다음 날부터는 출근해서 똑같이 일했는데 지나에게는 이 시기의 기억이 거의 없다. 계단을 내려가다가 마주친 피자 배달원, 주차장에서 만난 쿠키와 비슷하게 생긴 고양이, 점심 대신 옥상에 올라가 마셨던 우유 정도가 띄엄띄엄 떠오른다. 어느 아침에는 출근해 노트북을 열었는데 낯선 PPT 파일이 떠서 깜짝 놀랐다. 보고서를 만든 기억이 전혀 나지 않았다.

현관문을 열고 들어서는 것이 괴로웠다. 한눈에 들어오는 낡은 캣타워, 쿠키가 행거 아래에 숨겨놓은 쥐돌이와 캣닢 인형, 쿠키의 몸이 꽉 맞게 들어가는 동그란 스크래처, 정해진 시간이면 쏟아져 나오는 작고 단단한 사료와 물이 마르며 하얗게 얼룩이 생긴 물그릇. 쿠키의 기억들. 조용히 지나를 떠나는 쿠키의 환상. 지옥이 있다면 이곳이겠지. 키우던 고양이가 사라진 바로 여기.

막내이모에게 문자가 왔다.

'지나야, 청첩장 잘 받았어. 이모 눈에는 아직도 어린애 같은데 벌써 결혼을 하는구나. 청첩장 보는데 눈물이 핑 돌더라. 결혼 준비 잘하고 세상에서 가장 예쁜 모습으로 식장에서 보자.'

지나보다 고작 열두 살 많은 친구 같은 이모. 사춘기 시절 지나의 고민을 제일 많이 들어주었던 사람이다. 이모가 결혼하기 전에는 종종 만나 햄버거도 사먹고 공연이나 전시를 함께 보기도 했다. 이모는 여전하구나. 따뜻하고 뭉클했다. 그러다 문득 청첩장을 받았다는 말에 시선이 머물렀다. 그날 지나는 옛 선생님과 친구들 몇 명에게도 청첩장이 잘 도착했다는 연락을 받았다. 지나는 우편물을 보낸 적이 없다.

알아서 각자의 청첩장을 부치기로 하고 두 개의 쇼핑백에 나눠 담았었다. 그리고 쿠키가 캣타워에 없다는 사실을 알아차렸다. 그 후에는 집 안팎을 정신없이 뒤지고 다닌 기억밖에 없다. 그러고 보니 쇼핑백은 어디 갔을까.

"내가 다 보냈어. 내가 쇼핑백 두 개 다 들고 나갔잖아. 기억 안 나?"

"보낸다는 말 했었어?"

"음, 아니. 말하진 않았어. 그때 지나 씨가 너무 정신이 없어 보여서. 그래서 내가 챙겼어. 하나도 빠뜨리지 않고 다 잘 보냈으니까 걱정 마."

"아, 그랬구나. 고마워."

지나는 유성의 배려가 이상하게 마음에 걸렸다. 분명고마운 일인데 솔직히 고맙지가 않았다. 이런저런 생각으로 머리가 복잡해 밤새 뒤척이다 새벽녘에야 겨우 잠이 들었다.

요란한 빗소리에 잠이 깼다. 지나는 팔을 뻗어 머리맡의 안경을 더듬어 썼다. 빗줄기가 끝도 없이 창을 타고 흘러내리고 있었다. 쿠키가 좋아하던 풍경. 지나는 자리에서 일어나 창 앞에 섰다. 빠르게 미끄러지는 빗방울을 눈으로 좇고 있으니 나중에는 약간 몽롱해지며 현실감이 없어졌다. 쿠키는 이런 기분이었겠구나. 순간 정신이 번쩍 들었다. 쿠키가 지금 이 비를 다 맞고 있는 거 아닐까.

유성은 지나를 이해하지 못했다. 청첩장을 보낸 것이 잘못이었느냐고, 그럼 쿠키를 찾을 때까지 결혼을 미루기라도 할 생각이었느냐고 되물었다.

"유성 씨가 뭘 잘못했다는 게 아니야. 쿠키가 없어진 일도 상관없고."

"결혼 준비에 쿠키까지 없어져서 지나 씨 많이 혼란스럽고 힘든 거 알아. 이사 가기 꺼림칙하면 당분간 지금 집에서 지내자. 이렇게 힘들 때 서로 상의하고 의지하면서 살려고 우리 결혼하는 거잖아. 내가 지나 씨한테 그런 사람이 될게."

"미안해."

유성을 만나고 결혼을 결심하고 준비하던 모든 시간이 꿈같았다. 어쩌면 이제까지의 삶에서 가장 무겁고 중요한 일이 홀린 듯 흘러와버렸다. 유성과 지나 자신, 또 결혼 생활 자체에 대해 꼼꼼히 알아보고 검토해서 결정한 것이 아니다. 횡단보도 앞에 서 있는데 신호등의 초록불이 들어오기에 건넜다. 꼭 이번 신호에 건너야 하는 것도 아닌데. 목적지가 길 건너에 있는 것도 아닌데. 그러고는 그 발걸음에 스스로 운명이라는 이름을 붙였다.

포기해야 하는 계약금과 지불해야 하는 위약금이 많았다. 결혼을 취소하는 일은 결혼을 그대로 진행하는 일만큼 복잡하고 어렵고 비쌌지만 지나는 감수했다. 이사만 그대로 추진했다. 둘이 살기에는 조금 좁을 것 같던 집으로 지나 혼자 이사했다. 집주인과 상의해 전세를 반전세로 돌렸는데 모아놓은 돈을 모두 보증금으로 밀어 넣고도 살던 집과 같은 수준의 월세를 지불해야 했다. 후회하지 않았다. 테라스가 있는 집이니까.

이사한 지 한 달이 지난 어느 날, 또 전단을 보았다는 전화가 왔다. 지나가 살던 오피스텔에서 멀지 않은 다세대주택 주차장에 사진 속 고양이가 종종 나타난단다.

한두 번 헛걸음을 한 것이 아니었다. 지나는 이번에도

아닐 거라고 애써 기대를 누르며 쿠키가 좋아하는 캔과 간식, 장난감, 담요까지 잔뜩 들고 주차장을 찾았다. 밤을 꼬박 새웠지만 고양이는 한 마리도 보지 못했다. 둘째 날, 주차장이 차들로 꽉 찬 늦은 밤에야 몸통과 꼬리를 잔뜩 낮춘 쿠키가 슬금슬금 나타났다. 한눈에 알아볼 수 있었다. 흰 고무줄을 두른 것처럼 목둘레에서 잠깐 끊어지는 무늬, 네발 끝에 살짝 걸쳐 신은 듯한 흰 양말, 왼쪽 콧구멍 바로 아래에 있는 코딱지처럼 작고 까만 점, 세상에서 가장 맑은 사파이어색 눈동자. 그 눈동자가 지나를 보더니 까맣게 열렸다. 지나는 고함을 지를 뻔했지만 입을 틀어막으며 참았다. 두 눈에서 눈물이 쏟아졌다.

"쿠키야."

목이 메어 잘 나오지 않는 목소리로 겨우 불렀다. 쿠키가 작게 아앙, 하더니 다가와 지나의 다리에 몸을 비볐다. 지나는 조심스럽게 쿠키를 안아 이동장에 넣었다. 그렇게 거짓말처럼 쿠키가 돌아왔다.

쿠키는 테라스 산책을 좋아한다. 지나가 앉으려고 내놓은 플라스틱 의자에서 낮잠도 잘 잔다. 텃밭 화분에 심은 상추와 토마토 줄기를 다 물어뜯고 흙을 헤집고 그러다 갑자기 비가 쏟아지면 혼비백산해 집 안으로 튀어 들어온다. 네가 좋아하는 비야. 쿠키 너는 여전하구나. 지나는 쿠키와 나란히 창가에 붙어 앉아 조심조심 꿈틀대다 주르륵 미끄러지는 빗방울을 눈으로 좇았다.

세상의
모든 바다   · · ·   정용준

정용준

방심한 모습으로 낮잠을 자는 고양이를 좋아합니다.
잠에서 깨어 눈이 마주치길 기다리며 오래도록 지켜보는 것도 좋아합니다
선잠 깬 고양이는 졸린 눈으로 나를 무시하며 다시 잠이 듭니다.
그게 뭐라고, 나는 웃고 있습니다.

2009년 『현대문학』을 통해 소설을 발표하기 시작했다.
소설집 『가나』 『우리는 혈육이 아니냐』,
장편소설 『바벨』 『프롬토니오』, 중편소설 『유령』 등을 냈다.

강원도 모요시의 작은 마을에 백설이라는 여자가 살고 있었다. 백설의 부모는 눈이 펑펑 오는 겨울 아침 예쁜 딸을 낳았다. 공주처럼 예쁘고 고귀한 아이에게 부모는 설(雪)이라는 이름을 지어줬다.

설이야. 설이야. 우리 공주님은 너무 예뻐서 많은 사람들의 사랑을 받고 자랄 거야.

하지만 마을 사람들은 설이를 공주라고 부르지 않았고 예쁘다고 생각하지도 않았다. 설이의 두 눈은 미묘하게 틀어져 시선이 어긋나 있었고 진담과 농담을 구분하지 못했으며 기쁜 상황인지 슬픈 상황인지 파악하지 못했다. 설이는 매사에 그저 기뻐하기만 했다. 아이큐가 72였지만 셈은 잘했다. 덧셈 뺄셈은 물론이고 곱셈도 잘했다. 하지만 아무리 설명해도 나눗셈은 이해하지 못했다. 친구들은 혀를 내밀며 바보라고 했고 어른들은 애처로운 눈으로 가엾다고 했으며 노인들은 반쯤 감긴 눈을 힘겹게 떴다 감으며 설이 아빠가 강에서 고기 잡는 모습을 바라보며 쯧쯧, 혀를 찼다.

이그 백가놈 팔자도 기구하다. 저렇게 짠한 것을 데리고 어찌 사나.

하지만 설이는 즐겁게 지냈다. 친구가 없었지만 외롭진 않았다. 이유를 알 순 없지만 동물들이 설이를 좋아했다. 마루에 앉아 있으면 새들이 날아왔고 산길을 걸으면 다람쥐와 토끼가 따라왔다. 사납게 짖는 개는 꼬리를 흔들고 겁먹은 사슴은 경계를 풀고 설이에게 다가와 몸을 비볐다.

모요는 배산임수 지형에 입지한 마을이다. 맑고 차가운 강물이 흘렀고 높고 깊은 산에 비와 눈이 내렸다. 산꼭대기에 오르면 발밑으로 구름이 지나갔고 그 너머엔 넓고 넓은 바다가 끝없이 펼쳐졌다. 아름다운 마을 모요엔

관광객들이 많이 찾아왔다. 예쁘다 멋지다 감탄을 내뱉으며 사진 찍는 사람들이 많았고, 먹음직스럽다 너무너무 맛있어 감동하며 모요의 음식을 좋아하는 사람도 많았다. 간혹 아름다움에 눈이 멀어 엉엉 울거나 이유 없이 죽는 이도 있었지만 소문은 퍼져나가지 않고 안개와 바람에 사라졌다. 설이의 아빠는 강에서 민물고기를 잡았고 엄마는 매운탕을 맛있게 끓여 배고픈 손님들을 기쁘게 했다. 설이는 엄마 옆에 앉아 채소를 다듬거나 카운터에서 계산을 했다. 가게에서 뛰어노는 아이들과 놀아주거나 생각이 흐린 할머니들의 말 상대가 되어주기도 했다. 때론 혼자 온 외로운 손님과 나란히 앉아 말없이 흐르는 강물을 멍하게 바라보기도 했다.

그러던 어느 날 땅이 흔들렸다. 새벽에서 아침으로 바뀌는 미명의 시간, 고단한 모요는 깊은 잠에 빠져 있었다. 산이 무너져 바위와 흙이 쏟아졌다. 흙더미에 깔려 마을의 절반이 사라질 때까지 사람들은 잠에서 깨지 않았다. 그물을 던지러 일찍부터 강에 나간 아빠는 장화를 신은 채 집으로 달려왔다. 산 중턱에 아담하게 서 있던 설이의 집은 절반이 사라지고 말았다. 엄마는 안방에서 자고 있었는데 커다란 바위가 그 위를 덮쳤다. 아무것도 모르는 열다섯 살의 설이가 눈을 떴을 땐 아빠의 품이었는데 아빠는 눈물을 흘리고 있었다.

아빠 왜 울어?

안 울어.

설이는 졸린 눈을 비비며 붉은 흙과 바위에 파묻혀 보이지 않는 마루와 안방을 찾으며 말했다.

엄마는?

…….

엄마는?

엄마는…….

아빠는 한동안 설이를 꼭 껴안고 아무 말도 못 했다.

여행 갔어. 걱정 마. 기다리면 올 거야. 꼭 올 거야.

어디 갔는데?

바다.

아빠는 손등으로 눈물을 닦아내고 하늘을 바라보며 말했다.

먼바다.

설이는 열아홉 살이 됐다. 동물들은 여전히 설이를 좋

아했다. 하지만 아이큐는 여전히 72. 나눗셈은 어렵기만 했다. 8월 중순의 여름. 환한 오후가 캄캄한 먹구름에 뒤덮여 순식간에 어두워졌다. 이윽고 쾅, 하는 소리가 들리고 하늘이 쪼개지듯 비가 콸콸 쏟아졌다. 흙물이 쏟아져 내렸고 마을과 산으로 향한 작은 오솔길은 물에 잠겨 사라졌다. 설이는 보트처럼 물 위에 떠 있는 마루에 앉아 아빠를 기다렸다. 비는 밤에도 내렸고 새벽에도 내렸고 아침까지 내렸다. 설이는 새벽 빗소리에 스스스 잠들었고 눈을 떴을 땐 마루 앞까지 물이 차 있었다.

아빠. 아빠. 아빠아.

설이는 아무도 대답하지 않는 집에 앉아 응 우리 공주님, 이라고 답할 아빠의 목소리와 짠, 하고 나타날 아빠를 기다렸다. 먹구름이 산 너머로 사라지고 찬란한 햇살이 쏟아져 내렸다. 냇물은 커다란 황톳물로 변해 콰콰콰 소리를 내며 빠르게 흘러갔다. 설이는 다음 날도 그다음 날도 강변에 서서 아빠를 기다렸다. 동네 어른들이 설이를 찾아와 대뜸 껴안더니 소리 내 울었다.

불쌍한 것. 이 불쌍한 것.

쯧쯧, 혀를 차며 슬퍼해줬다. 그리고 옥수수와 카스텔라, 초콜릿 같은 것을 주고 떠났다.

감사합니다.

설이는 아빠를 기다렸다. 이따금 새들이 날아와 설이의 곁에서 한참 놀았다. 설이는 카스텔라를 뜯어 부수었다. 황금 가루를 닮은 카스텔라 부스러기를 새들은 기분 좋게 쪼아 먹었고 어두워지기 전 다시 숲으로 날아갔다.

설이의 일은 마루에 앉아 아빠를 기다리는 것이었다. 설이의 날과 달은 기다림과 그리움으로만 가득 찼다. 어쩌다 견딜 수 없는 뜨거움이 마음을 짓누르면 설이는 산봉우리에 올라 바다를 봤다. 거칠게 숨을 쉴 때마다 두근두근 뛰는 심장이 느껴졌다. 파도를 머금은 바람이 붉게 달아오른 얼굴과 이마에 맺힌 땀방울을 닦아줬다.

바다. 먼바다.

이렇게 중얼거리다 보면 마음을 누르던 뜨거움이 차갑고 시원한 한 덩어리의 눈 뭉치로 변하는 게 느껴졌다. 설이는 구름색 크레파스로 그린 선처럼 희미한 수평선을 바라보다가 아득하게 뭔가를 깨달았다. 그리고 어깨 위의 다람쥐에게 말했다.

아……. 알았다. 이제 알았어. 아빠는 당분간 오지 않을 거야.

다람쥐가 궁금한 눈으로 설이를 봤다.

엄마를 찾아 떠났거든. 엄마를 데리고 오려고 바다에
간 거야. 아빠는 바다, 먼바다로 갔어.

아름답던 모요는 이제 나쁜 소문이 도는 마을이 됐다.
저주받은 땅이라고 했고 신이 버린 땅이라고 했다. 누군
가 씻을 수 없는 잘못을 했고 누군가는 억울한 사람에게
상처를 줬다고 했다. 그래서 벌을 받은 거라고. 사람들은
하나둘 마을을 떠났고 빈집엔 이사 오는 사람이 없었다.
어디선가 찾아온 들개들이 빈방을 차지하며 밤마다 늑대
처럼 우우 울었다. 개와 노인들만 남은 모요는 과거의 활
기를 잃고 점점 황폐해져만 갔다.

어느 날 모요 톨게이트 요금소 징수원이 설이를 찾아
왔다. 계산을 할 수 있느냐는 물음에 설이는 답했다.

더하기, 빼기, 곱하기는 잘하지만 나누기는 어려워요.

나누기? 징수원은 잠시 고민한 뒤 말했다.

그건 괜찮아요.

요금소 징수원은 설이에게 자신의 자리를 맡아달라고
부탁했다. 오고 가는 사람이 점점 줄어들어 조만간 톨게

이트가 사라질 거라는 소문이 들렸지만 그때까지 도저히 기다릴 수 없었다. 지금 당장 가야 할 곳이 있었고 해야 할 일이 필요했다. 그래서 요금소를 떠나야 한다는 말에 설이는 어떻게 해야 할지 몰라 가만히 앉아만 있었다. 무슨 말을 해야 설이가 제안을 받아들일까, 생각 끝에 징수원은 말했다.

설이 씨. 톨게이트 요금소에 앉아 있으면 아빠가 오는 걸 가장 빨리 볼 수 있어요.

어느 순간부터 화물트럭 기사 무운은 모요 톨게이트를 지날 때 징수원의 얼굴을 보기 시작했다. 유난히 밝게 인사하는 목소리, 이따금 요금소 창문 밖으로 얼굴을 빼고 도로를 바라보고 있는 작은 얼굴과 두 개의 어긋난 눈동자, 백설? 공주야 뭐야. 독특한 이름 때문이기도 했지만 가장 이상한 일은 보조석에 앉은 고양이 파스칼의 이해할 수 없는 반응이었다. 주행 내내 보조석에 엎드려 잠만 자는 파스칼이 모요 톨게이트로 진입하는 도로에 들어서면 눈을 떴다. 속도를 줄이고 커브를 돌고 바퀴가 과속 방지 요철을 밟고 덜컹거리면 파스칼은 이미 무운의 허벅지에 앉아 초조하게 창밖을 바라보고 있었다. 창문을 내리고 징수원에게 요금을 지불하는 짧은 시간 동안 파스칼은 흥분했다. 설이가 고양아 고양아 부르면 몸을 배배 꼬고 이제껏 들어본 적 없는 소리를 내며 낑낑댔다. 파스칼의 이런 모습은 무운에게는 놀라운 일이었다. 함박눈이 내리던 7년 전 겨울밤, 트럭 밑에 앉아 두려움과 추위에 벌벌 떨던 아기 파스칼을 발견했다. 그동안 파스칼은 무럭무럭 자랐고 어떤 것에도 떨지 않고 거만하고 교만하며 언제나 무운을 깔보는 무시무시한 어른이 됐다. 때문에 파스칼이 처음 보는 사람에게 이렇게 안절부절못하며 관심을 보이는 것은 이상한 일을 넘어 신기한 일이었다.

무운은 모요의 오래된 상점에 물품을 내려놓은 뒤 커다란 나무 그늘 밑에 주차했다. 무운은 구운 밤 껍질을 까고 파스칼은 삶은 고구마를 먹었다. 둘 다 모요 톨게이트 요금소 징수원이 준 것이다. 무운은 가끔 수량에 집계되지 않은 초콜릿이나 사탕 같은 것을 설이에게 줬고 그때마다 설이는 맑고 고운 소리로 감사합니다, 라고 인사했다. 어느 날엔 설이가 먼저 음식을 주기도 했다. 파스칼은 설이가 주는 음식을 남기지 않고 먹었다. 흠, 무운은 밤껍질을 창밖에 버리고 하늘을 봤다. 푸른 하늘은 맑았고 입체적인 흰 구름은 통통했다. 아름다운 오후였다. 모요가 저주받은 땅이라니, 믿어지지 않았다. 무운은 알맞게 구워진 밤을 천천히 씹으며 방금 전 상점 할아버지와의 대화를 생각했다.

다음 달부터는 올 필요 없어요. 상점 문을 닫기로 했답니다.

아…… 그런가요. 아쉽습니다. 왜 문을 닫는지 여쭤봐도 될까요?

다른 이유가 있나요. 다른 사람들과 다 같은 이유지요. 이제 모요는 사람이 살 수 없는 곳이 되었으니 나도 더이상 사람을 기다리며 살면 안 될 것 같습니다.

사람을 기다리며 산다, 라는 말에 무운은 고속도로를 바라보는 요금소 징수원의 얼굴이 생각났다. 여기저기 들리는 소문을 조합해 대충 그의 사정을 알고는 있었지만 정확한 사연은 몰랐다.

선생님. 궁금한 게 있습니다.

무엇인가요?

톨게이트 요금소에서 일하는 분 말입니다.

아, 설이요.

네.

그 가엾은 것.

……사연이 있나요?

그렇지 않아도 무운은 모요의 쇠락을 피부로 느끼고 있었다. 그 많던 상점들이 다 문을 닫고 거리엔 사람이 보이지 않았다. 관광객은 오래전에 끊겼고 얼마 남지 않은 늙은 주민들도 집에서 나올 생각을 하지 않았다. 무운은 중얼거렸다.

이제 모요에 올 일이 없겠네. 그 사람도 더 이상 사람을 기다릴 필요가 없겠네.

무운의 눈앞에 백설의 모습이 떠올랐다. 아무도 오지 않는 텅 빈 고속도로를 바라보는 두 개의 까만 눈동자. 웃음과 울음이 반씩 섞인 것 같은 묘한 미소. 그 사람은 고아인데 자기가 고아인 줄 모른다고 했다. 죽은 엄마를 데리고 올 죽은 아빠를 기다리고 있다고 했다. 한 치의 의심도 없다 했다. 때문에 실망도 없고 지치지도 않는다 했다. 교대해주는 마지막 징수원까지 말도 없이 사라져버려 아침이고 밤이고 요금소에 앉아 거의 살다시피 한다 했다. 보이지 않는 수평선을 보며 들리지 않는 파도 소리를 자장가 삼아 잠든다고.

이젠 기다릴 필요도 없고, 기다려서도 안 되지만 그 가
엾은 것은 바보처럼 기다릴 거야. 계속 기다리다가 늙어
할머니가 되겠지. 하지만 톨게이트가 곧 폐쇄될 텐데 그
것은 어디에서 아빠를 기다리려나.

무운은 알 수 없는 답답함과 공허함에 길게 한숨을 내
쉬며 시동을 걸었다. 파스칼은 고구마를 먹다 말고 무운
을 바라보고 있었다. 무운의 생각을 다 알고 있다는 듯이.
그래서 자신에게 고구마를 주는 그 좋은 사람을 더 이상
볼 수 없다는 것을 알게 되었다는 듯이. 마음 약한 사람
이 실망을 이기지 못해 우울하게 얼굴이 내려앉듯 파스
칼의 표정이 딱 그랬다.

파스칼. 너 아쉽겠다.

파스칼은 슬픈 얼굴로 앞 유리창을 바라보고 있었다.

조심히 운전하세요.

감사합니다.

무운은 출발하지 않고 잠시 가만히 있다가 열쇠를 돌
려 시동을 껐다. 엔진이 꺼지자 사방이 조용해졌다. 들어
오는 차도 없고 나가는 차도 없는 톨게이트. 그 순간의

느낌은 반달이 뜬 고요한 강 위에 뜬 나무배에 앉아 있는 것 같았다. 무운은 창문을 활짝 열었고 백설에게 잠깐 이야기 좀 하자 했다. 설이는 활짝 웃으며 좋아요, 라고 답했다. 갑자기 파스칼이 열린 창문을 훌쩍 뛰어넘어 요금소 안으로 들어갔다. 무운은 당황했으나 기분이 좋아졌고 다시 시동을 걸고 후진해서 요금소 옆 갓길에 트럭을 주차했다.

설이와 무운 그리고 파스칼은 새벽 내 함께 놀았다. 이야기를 했고 음악을 들었다. 달이 지나는 깨끗한 밤. 구름이 지나는 캄캄한 밤. 밤새가 놀러 왔고 눈이 반짝이는 야행성 동물들도 놀러 왔다. 들개들도 놀러 왔고 커다란 뿔이 달린 수사슴도 놀러 왔다. 톨게이트의 밝은 불빛 아래 다들 피곤한 기색도 없이 각자의 재미를 따라 놀았다. 어떤 이는 달리기를 하고 어떤 이는 서로의 말을 알아듣지도 못하면서 말을 했고 어떤 이는 서로의 몸에 머리를 대고 눈을 감았다. 파스칼은 계속 따라다니는 다람쥐를 피해 도망 다니다가 지쳐 아스팔트에 배를 깔고 누워 다람쥐가 자신의 털을 마음대로 만지도록 내버려뒀다. 무운이 설이에게 말했다.

그러니까 백설 씨는 아버지를 기다리고 있다는 말씀이시네요.

네. 엄마도 함께요.

음…… 엄마는 바다에 갔고 아빠도 엄마를 찾아 바다에 갔다는 말씀?

네. 아빠가 엄마를 금방 데리고 온다고 했어요.

무운은 자신과 대화하고 있는 설이의 눈동자가 한쪽은 자신을 향해 있지만 다른 쪽은 미묘하게 도로를 향해 있다는 것을 깨달았다. 이 사람은 정말 한순간도 쉬지 않고 오지 않을 사람을 기다리고 있구나. 올 수 없는 사람을 기다리고 있구나.

모요를 떠나본 적이 있나요?

설이는 말없이 고개를 저었다.

모요를 떠날 생각은 있나요?

설이는 고개를 푹 숙이고 작은 소리로 말했다.

아빠를 기다려야 해요.

그럼 기다리지 말고 설이 씨가 아빠를 찾아가세요.

네?

아빠를 찾는다면서요.

네.

아빠가 바다에 갔다면서요.

네.

그럼 바다에 가면 되잖아요.

설이는 어려운 셈을 하듯 심각한 표정으로 아스팔트를 바라봤다. 맞는 말도 같고 아닌 것도 같고 너무 어려웠다.

어렵게 생각하지 마세요. 엄마가 아빠를 찾아갔듯 설이 씨도 아빠를 찾아가면 됩니다.

어떻게요?

무운은 손을 들어 트럭을 가리켰다. 그 순간 파스칼이 일어나 뚜벅뚜벅 걸어와 무운의 곁에 앉아 무심히 설이를 바라봤다. 무운이 말했다.

저는 세상의 모든 바다에 갈 수 있어요. 바다로 향하는 모든 톨게이트를 알고 있지요. 이 톨게이트를 지나 저 톨게이트를 통과하면 이 세상은 저 세상으로 변한답니다.

설이는 자리에 일어섰다. 그리고 요금소에 들어갔다. 복잡한 버튼을 하나둘 누르기 시작했다. 모요 톨게이트의 불이 하나둘 꺼졌다. 마침내 마지막 등까지 꺼진 모요 톨게이트는 물속에 잠긴 작은 집처럼 푸르고 고요해졌다. 분주하던 동물들이 먼 곳에서 들리는 종소리에 반응하듯 제자리에 앉아 불 꺼진 톨게이트와 그 너머에 펼쳐진 밤의 별자리를 바라봤다. 설이가 말했다.

가요. 지금 가요. 지금.

그래요. 갑시다.

어디로 갈 거죠?

바다로 가야죠. 먼바다로 가야죠.

좋아요.

트럭을 향해 파스칼이 앞장섰고 그 뒤를 무운이 따랐
다. 설이는 낙서로 가득한 자신의 소중한 노트와 구운 밤
과 고구마를 가방에 넣은 뒤 다람쥐, 사슴, 새, 개를 차례
로 껴안아주며 아주 작은 소리로 속삭였다. 무슨 말인지
별도 달도 알 수 없지만 동물들은 행복해했고 어떤 동물
은 소리를 내며 울었다.

트럭의 헤드라이트가 깜깜한 아스팔트에 두 개의 빛기
둥을 만들어냈다. 트럭은 출발했다. 무운은 빛이 비추는
도로를 바라봤고 설이는 단정하게 앉아 떨리는 눈으로
모요의 어두운 산을 바라봤고 파스칼은 설이의 무릎에
앉아 길게 하품을 한 뒤 곧 눈을 감았다.

너를 부른다 · · · 이나경

이나경

이제는 연락이 닿지 않는 친구가 있다.
그의 안부는 더 이상 궁금하지 않지만 그 집 고양이는 가끔 생각나곤 한다.
고양이도 한동안 나를 기억했을 것이다.

환상문학웹진 『거울』 필진.

나는 심유선이라고 해. 여기 3층 살던 심유진이라는 사람의 동생인데, 언니랑은 얼굴도 몸도 딴판이지? 그나마 닮은 건 이름 정도랄까.

그리고 너는……. 네 진짜 이름이 무엇이건 언니는 너를 그림자라고 불렀어. 처음 들었을 때는 그 이름을 한참 비웃었고 지금도 여전히 마뜩잖게 생각하지만 너를 달리 뭐라고 부를까. 먼발치 그늘에 까만 몸을 옹그리고 있는 너를.

그림자야, 언니는 네가 특별하댔어.

솔직히 나는 잘 모르겠다. 비단 너에 관해서만이 아니

라 워낙에 우리 언니가 나한테 믿음을 주는 사람이 못 되거든. 언니 낚시질에 골탕 먹은 역사가 보통 길어야 말이지. 그래도 마지막으로 한 번만 더 속아보려고.

언니가 길고양이들을 돌본단 얘기는 들었었어. 그 얘기도 영 미덥지 못했다고 해야 할지, 하여간 뜻밖이긴 했지. 언니는 서울 오면 개 키우려고 벼르고 있었거든. 뭐라더라? 자기가 외로움에 취약한 생물이라는 둥, 그래서 말동무가 절실하다는 둥, 개는 인간의 영원한 친구라는 둥, 식구들 앞에서 일장연설을 펼쳤었어. 그래놓고 고양이라니? 영원한 친구는 어쩌고?

언니가 자취를 시작했을 때 나는 아직 중학생이었어. 한집에 살던 시절에도 얼굴 보기 힘들었는데 이제는 방학 중에나 겨우 보게 된 거야. 미안. 얘기가 두서없더라도 이해해줘. 정리해서 말할 정신이 아니라.

아무튼 처음 한 번만 빼고는 줄곧 내가 여기로 왔어. 언니는 과외 아르바이트를 하느라 도저히 시간을 뺄 수가 없다나. 아빠 보기 싫어서 안 오는 걸 누가 모른다고.

나야 좋았지. 집에서 잔소리도 안 듣고 서울 구경도 할 수 있잖아. 약간 별장 같은 느낌이랄까. 비록 겉으로는 투덜거렸지만 꼬박꼬박 놀러 왔어. 심지어 봄방학에도 올

정도였으니 말 다 했지 뭐.

어쩌면 너도 이미 나를 알지 몰라. 안 그래?

네 이름을 들은 건 고1 여름방학 때였어. 서울 온 지 이틀째였나? 코엑스에서 브런치를 먹고 강남역에서 빙수를 먹은 날이었던 건 확실해. 둘이서 땀을 뻘뻘 흘리면서 돌아다니다가 해 떨어질 즈음에 나만 먼저 돌아온 거야. 언니는 과외하러 가고.

그날 총총거리며 계단을 오르다 302호 앞에서 내가 뭘 봤게? 아직도 생생하게 기억난다. 그늘이 드리운 언니네 문 앞에 생쥐 두 마리가 죽은 채로 가지런히 놓여 있던 게.

"선물이야 그거."

언니는 그렇게 말했어.

"문 앞에 쥐 죽은 거 봤냐니깐 무슨 소리야."

밤늦게 야식거리를 잔뜩 사왔길래 나는 언니가 그거 얘기하는 줄 알았지. 그런데 생쥐 얘기 맞더라. 생쥐가 선물이라는 거야. 언니가 너무 아무렇지 않게 말하니 오히려 내가 이상한 사람 같았어.

언니가 말했어.

"길고양이 수명이 얼마나 되는지 알아? 고작해야 3년이야. 평균이 그렇다는 얘기야. 내가 만난 아이들은 거의

너를 부른다 63

다 처음 맞는 여름을 못 이겨냈어. 아니면 겨울을."

갑자기 무슨 소리야? 내가 어리둥절하거나 말거나 언니는 계속 말했어.

"평균보다 오래 사는 고양이도 물론 있어. 그런 녀석들은 부지런히 새끼를 낳아. 한배에서 네댓 마리씩 나오는데, 태어난 아이들은 또 금방 죽지만 거기서 살아남은 아이가 다시 우르르 새끼를 낳겠지. 그런데 존재의 이유라는 게 번식이 다가 아니잖아. 기왕 태어났으면 좀 사는 것처럼 살아야지. 그래서—꼭 그래서만은 아니지만—중성화를 시키는 거야."

"잠깐만. 지금 너무 혼란스러운데, 이게 생쥐랑 무슨 상관이야?"

언니가 말했어.

"들어봐. 생쥐라면 이젠 꽤 익숙해졌지만 처음엔 나도 놀랐어. 그땐 세 마리나 있었거든. 쥐약이라도 나눠 먹었나 싶었어. 그런데 몇 주 되기도 전에 한 마리를 또 본 거야. 다시 얼마 후에는 두 마리. 참 희한하게도 우리 집 앞에만 있더란 말이지. 야, 이거 심각하다, 장난이 고약하다, 경찰에 신고해야 하나, 하면서 생각해보니까 이게 장난이 아닐 수도 있겠더라고."

"장난이 아니면?"

"계산을 해봤더니 내가 고양이들 데려다 수술을 시키고 오면 며칠 후에 죽은 쥐가 놓여 있더란 말씀. 그것도 꼭 병원에 보낸 고양이 수만큼 말이야. 우연치고는 수상하지 않아?"

수상한 게 어디 그것뿐이겠어? 나는 방심하지 않았어. 단순히 골릴 속셈으로 하는 얘기치곤 쓸데없이 구체적이었지만 내가 고등학생이 되고부터 언니도 거짓말의 수준을 높였으니깐.

언니가 말했어.

"다음에 생쥐를 발견했을 때에는 대비가 돼 있었어. 복도에 카메라를 몰래 설치해놨거든. 확인해보니 뜻밖에도 사람이 한 짓이 아니더라. 범인은 그림자였어."

그때 네 이름을 처음 들은 거야.

"뭐? 그림자가 뭔데?"

"고양이 이름."

내가 비웃었다는 얘긴 아까 했지?

그런데 언니는 너를 아주 특별하게 생각하고 있었어. 아, 이 얘기도 했나?

"고양이가 문 앞에 생쥐를 두고 가는 게 과연 무슨 의

미일까? 여러 가지로 생각해봤는데 아이들 중성화시켜준 데 대한 답례가 아닐까 싶어."

말도 안 된다, 너무 언니 좋을 대로 해석하는 것 아니냐, 중성화를 했는지 예방접종을 했는지 고양이가 무슨 수로 알겠느냐, 백번 양보해서 안다고 쳐도 그걸 달가워하겠느냐, 오히려 불임의 몸이 되었으니 저주하거나 해코지하려는 게 아니겠느냐, 내가 따졌어.

언니도 언니대로 할 말이 있겠지. 평소에도 고양이들 밥 줄 때 뒤편에서 누가 쳐다보는 느낌이 들었다며, 그게 아마 그림자였던 것 같다며, 아마 그림자가 자기를 신뢰하는 것 같다며, 그렇게 생각하면 전부 말이 된다며, 요컨대 고양이가 생쥐를 선물로 두고 간 거라고 우겨댔어.

여기에 한술 더 떠서 이런 얘기까지 했다.

"아무래도 그림자가 동네 고양이들을 나한테로 인도하는 것 같아."

이런 얘기도.

"애당초 자기들 밥 챙겨줄 사람으로 나를 골랐던 게 아닐까?"

몰라. 근거랍시고 어쩌고저쩌고 한참 늘어놓던데 당최 알아들을 수가 있어야지.

물론 당사자라면 이걸 일종의 운명적 만남으로 여길 수도 있겠지. 그런데 옆에서 보면 흔하디흔하고 빤하디빤한 애묘인들의 레퍼토리거든. 마음에 드는 고양이를 사람이 고른 게 아니라 마음에 드는 사람을 고양이가 골랐다는 얘기 말이야. 고양이한테 집사로 간택받았다는 애는 우리 학교에도 열두 명은 있을걸?

　하지만 나는 화내지도 빈정대지도 않았어. 어느 순간부터는 그냥 잠자코 듣기만 했어. 아무리 봐도 농담은 아닌 것 같은데, 언니가 정신이 어떻게 된 게 아닐까? 고양이한테 홀리기라도 했을까? 기록적인 폭염, 고달픈 타향살이, 아홉 번 사는 영물, 뭐 그런 것들을 떠올렸어.

　어쨌든 얘기는 끝났어. 언니가 중성화 일정을 잘 조율했는지 그 뒤로는 생쥐 볼 일이 없었어. 네 소식은 종종 들었지만.

　한번은 이런 일도 있었어.

　음, 이 얘기는 조금 자세히 해야겠다. 작년 3월에 모의고사 본 날이었어. 밀린 만화책을 뒤적거리는 중에 언니한테서 전화가 온 거야. 동생 시험 본 건 아는지 모르는지 다짜고짜 자기 할 말만 하더라.

　"내가 전에 고양이들 죽이고 다니는 사람 있다고 했지."

길고양이 연쇄 살해범 얘기였어. 처음에는 아이들 먹을 사료에 농약인가 쥐약인가를 탔다지? 그걸로 네댓 마리가 죽었을 땐 그냥 좀 뒤숭숭한 정도였는데 범인이 수법을 바꾸면서부터 동네가 완전 뒤집어진 거지. 철사로 목을 조르고, 머리에 대못을 박고, 불에 지지고, 토막을 내고…… 갖가지 극악무도한 방식으로 학살해대니 평소에 고양이를 눈엣가시로 여기던 사람들조차 기겁할 정도였다고 들었어.

"어! 잡혔어?"

"그런 건 아닌데, 이게 좀 묘해."

언니가 말했어.

다들 범인이 고양이로는 만족하지 않을 거라고 예상했어. 자고로 바늘 도둑이 소도둑 되는 법이거든. 그럼 고양이 다음은 뭘까? 모르긴 몰라도 그 끝은 인간이겠지.

그런데 우려하던 일이 생각보다 빨리 일어난 거야. 사람이 죽었대. 그것도 아주 끔찍하게.

"혹시 오늘 뉴스 봤어? 이십대 취준생 피살 사건."

"십대 수험생은 코앞에 닥친 일로 바빠서."

누군가 옥탑방에 혼자 살던 남자를 몰래 죽였나 봐. 살인 자체는 며칠 됐는데 죽은 사람이 직장도 없고 홀로 지낸 까닭에 발견이 늦었다나. 거기 위치가 어디라고 설명을 듣긴 했는데, 그냥 언니네 빌라에서 무지 가깝다는 정도로만 알아들었어.

내가 물었어.

"누가 죽였대?"

"몰라."

"안 잡혔어?"

"응."

"대박. 소름 끼쳤어."

나는 언니한테 밤늦게 다니지 말고 가급적 혼자 다니지도 말라고 했어. 호신용 스프레이를 항상 갖고 다니라고, 하다못해 호루라기라도 목에 걸라고 말했어. 내가 아는 모든 주의 사항들을 달달 읊어댔어.

고마워하기는커녕 언니는 피식 웃어버리더라.

"심유선. 지금까지 뭐 들었어? 집에서 죽었다니깐. 밤길 조심한다고 될 문제가 아니야."

"아니, 지금 밖에 살인범이 멀쩡히 돌아다니는데 그게 할 소리야? 그럼 문단속이라도 잘하면 되잖아. 이거 완전 안전불감증이네. 안 되겠다. 옆에서 잔소리 좀 해야겠어. 졸업하면 같이 살아줄 테니까 청소 좀 깨끗이 해놔."

이번에는 대놓고 깔깔 웃는 거 있지.

"하이고, 대학이나 붙고 말하셔. 오늘 모의고사 몇 점 나왔어? 시험 봤다고 또 늘어져서 만화책이나 보고 있었지?"

"흥, 대학 안 갈 건데! 취직할 건데!"

"취직? 바보야, 차라리 대학이 쉽겠다."

"왜 이래? 켕기는 거 있는 사람처럼."

"켕기긴 뭐가 켕겨."

"결사반대하는 게 수상하잖아. 그냥 길고양이 하나 입양한 셈 치면 될걸."

"기가 막혀서. 고양이들은 귀여운 맛이라도 있지."

"귀여운 맛이라고 하면 또 내가 맛집이라는 사실……."

"아, 됐어. 헛소리는 거기까지."

문득 언니가 후후 심호흡을 하더니 목소리를 낮췄어. 살인사건 얘기가 끝난 게 아니었나 봐.

"들어봐. 아까 내가 일이 좀 묘하다고 했잖아."

일주일쯤 된 얘긴데, 과외 끝나고 와보니 문 앞에 또 뭐가 있더라는 거야. 그때는 조금 의아했대. 왜냐하면 선물 받을 일을 안 했거든.

"요새는 동네에 고양이들이 싹 사라졌어. 다들 숨었거나 떠났거나 죽었겠거니 여겼지 뭐."

준 게 없으니 선물을 받으리라고는 상상도 못 한 거야. 그림자 네가 워낙 주고받는 셈이 확실하니까. 더구나 늘 보던 것보다 크기가 한참 작았던 것도 이상했다나. 쥐가 아니라 쥐똥인가 싶어서 가까이 다가갔다가 언니는 하마터면 그 자리에 주저앉을 뻔했대.

그림자야, 그건 손가락이었어.

"뭐?"

맞아. 나도 내 귀를 의심했어.

"엄지손가락 두 개가 잘린 채로 나란히 놓여 있었어. 도저히 믿기지가 않아서 휴대폰 손전등까지 비춰 봤다니깐. 그러지 말았어야 했는데. 손이 덜덜 떨려서 음영이 흔들리는 게 꼭 살아서 움직이는 것 같았거든."

"누구 손가락인데?"

"모르지!"

언니는 조금 뜸을 들이다가 이렇게 말했어.

"아니, 그때는 몰랐는데 이제는 왠지 알 것 같아. 너도 짐작은 가지? 아까 밑에서 아줌마들끼리 얘기 나누는 걸 우연히 들었는데, 오늘 발견된 남자 시체가 엄청 훼손돼 있었대."

"그 죽은 사람 손가락이라고? 왜?"

언니는 아마 그 사람이 고양이 살해범인 것 같댔어. 그래서 네가 그 사람을 죽였다는 거지. 멀쩡한 사람이라면 죽일 이유가 없고, 손가락을 언니한테 선물할 이유는 더더욱 없으니까.

"엄밀히 따지면 선물이라기보다는……. 이제 위험이 사라졌으니 다시 고양이들 밥을 준비하라는 선언이랄까. 실제로 손가락을 발견한 날부터 고양이들이 돌아왔거든."

보고 있던 만화책도 그보다 황당무계하진 않았는데.

"그러니까 언니 얘기는 고양이가 범인을 찾아서 죽였다는 거네?"

"미친 소리처럼 들리는 거 알아. 그러니까 경찰이 아니라 너한테만 말하는 거잖아. 너도 어디 가서 말하지 마."

"손가락 좀 찍어서 보내줘. 나도 좀 보자."

"설마 여태 갖고 있을까 봐? 진즉에 버렸지."

"인증샷 찍어둔 거 없어?"

"말도 마. 집게로 집어서 쓰레기봉투에 넣는 걸로도 악몽 같았는데 사진 찍을 정신이 어디 있어?"

"왜 바로 얘기 안 했어? 손가락 발견하자마자 왜 얘기 안 했냐고."

"좋은 일도 아닌데 얘기해서 뭐 해."

"지금은 하잖아."

"적어도 이젠 손가락 임자가 나쁜 새끼라는 정도는 아니까. 한결 산뜻해졌지."

"그럼 이제 걱정할 일 없는 거야?"

"그럴걸."

"알았어. 그래도 스프레이는 꼭 갖고 다녀."

실은 인증샷이 없다고 한 시점부터 나는 이게 낚시라는 걸 눈치챘어. 사진 없으면 무효라는 말을 달고 살던 사람이 사진을 안 찍어? 말도 안 되지. 그래도 일단 믿어주는 체하며 통화를 끝냈어. 그런 뒤에 차분히 생각을 해본 거야. 어디까지가 사실이고 어디부터가 거짓일지.

살인사건 자체는 물론 진짜겠지. 뉴스에도 나왔다고 하니까. 하지만 고양이가 사람을 죽이고 손가락을 가져왔다는 부분은? 100퍼센트 거짓말이야. 티가 났어.

그리고 또 뭐가 거짓말이게? 너. 너에 관한 것 모조리다. 그냥 네 존재 자체가 가짜야. 그림자라는 고양이는 세상에 없다는 뜻이지. 그럼 그 여름날 집 앞에 생쥐를 갖다놓은 건 언니였을까? 아니, 사실 그런 건 아무래도 좋아.

내가 궁금한 건, 도대체 무슨 꿍꿍이가 있길래 이렇게 오래도록 밑밥만 깔고 있는가 하는 거였어. 그 일이 있은 후로도 종종 네 소식을 들었어. 햇수로 4년이나 됐으니 엄청 공을 들이고 있는 거지. 언니는 왜 너의 존재를 믿게끔 했을까? 왜 네가 특별하다고 여기게 만들었을까?

그러다 알게 됐어.

바로 지금 이 순간을 위해서였어. 그래, 여기 서서 이렇게 네 이름을 부르게 하려는 거였지. 하지만 언니. 심유진. 내가 다 간파했어. 수수께끼는 모두 풀렸다고.

아무리 그래도 마지막 밑밥은 정말이지 최악이었어. 지난달 사건 말이야. 새벽에 전화벨이 울린 것부터 불쾌했는데 내용은 더 끔찍했어. 언니가 칼에 찔렸다니? 방금 숨을 거두었다니?

범인이 아무나 죽일 셈으로 골목길 의류수거함 뒤에 숨어 있었는데 앞서 지나간 남자 다섯 명은 무사히 보내고 여섯 번째로 여자가 나타나자 옳다구나 하며 죽였대. 그런 장면이 CCTV에 고스란히 찍혔대. 범인을 다그치니 그냥 타이밍이 그랬을 뿐 언니한테 무슨 원한이 있는 건 아니라고 자백했대. 전에는 언니를 본 적도 없대.

도대체 말이 안 되잖아.

특히나 타이밍이 안 좋았다는 말이 소름 끼치게 이상한 거야. 하필 내 졸업식 이틀 전에 그런 일을 당했다고?

봄부터 같이 살기로 했는데 그럴 수 없게 됐다고? 정말로 언니가 죽었다고? 단순히 타이밍이 나빴을 뿐이라고? 그래서 앞으로 다시는 못 본다고?

그래, 못 봤어. 엄마랑 아빠가 절대 못 보게 하더라. 마지막으로 인사하겠다고 울며 매달렸는데도 안 들어줬어. 그러더니 납골당의 차가운 벽에 대고 인사하래. 진짜야. 죽었다는 말만 질리도록 듣고 실제로는 아무것도 못 봤다니깐.

이제 나는 언니가 다니던 학교에 다니게 됐고 언니가 살던 집에서 살게 됐어. 내가 비록 외로움에 취약해 말동무가 간절하긴 해도 그럭저럭 적응하고 있어.

그런데 어제는 빌라 근처에서 고양이 울음소리를 들은 거야. 들릴락 말락 한 소리였는데 정신이 번쩍 들더라. 요즘엔 고양이들을 누가 돌보지? 어떻게 살아가는 거지? 당연하게도 그림자가 떠올랐지. 생쥐도, 손가락도.

그러다 갑자기 깨달은 거야. 아까도 말했지만 중요하니까 두 번 말할게. 수수께끼는 모두 풀렸어.

언니 계획을 설명해볼까? 내가 여기 서서 허공에 대고 그림자를 불러 언니를 죽인 그 서른세 살 먹은 남자한테 복수해달라고 간청하잖아? 그러면 어디선가 야옹, 하는 소리가 들릴 테고, 나는 속수무책으로 짜르르 전율하겠지. 심지어 눈물도 왈칵 쏟을지 몰라. 그러면 고양이가 응답한 곳, 저기 뒤편, 기둥 뒤 으슥한 공간에서 검정고양이 대신 언니가 깔깔대며 나타나는 거야.

바로 이 깜짝쇼를 위해 고양이도 꾸며내고 손가락도 꾸며내고 자기 죽음까지 꾸며낸 거지. 세상에 어느 누가 과연 이렇게까지 할까 싶지만 언니라는 인간은 정도껏이라는 걸 모르잖아.

알았어. 딱 한 번만 더 속아줄게. 진짜 마지막이야.

그림자야, 언니는 네가 특별하댔어. 솔직히 나는 잘 모르겠다만 언니는 그렇게 믿었어. 그러니 정녕코 네게 신통한 능력이 있어 사람 말을 알아들을 수 있다면 간곡히 바라건대 내 소원을 좀 들어주렴. 우리 언니를 죽인 그 남자를 갈기갈기 찢어서 손가락이든 발가락이든 내 앞으로 가져다줘. 앞으로는 언니 대신에 내가 고양이들 밥도 주고 물도 주고 수술도 시켜줄게. 그러니까 꼭 좀 부탁해. 그러니까…….

그러니까 이제 그만 나와.

덤덤한 식사 · · · 강지영

강지영

할머니는 말했다. 고양이는 한여름에 양철 지붕 위에 누워서야
이제 좀 따뜻하네, 하는 놈들이라고.
내게 소설 쓰기도 그랬다.
서른 살 이후, 거의 연년으로 책을 출간하느라 정수리가 허옇게 세었지만
이제야 좀 쓸 만하다는 생각이 아주 간신히 든다.
20년차 집사로 돌이와 내호를 모시고 파주에 산다.

소설집 『굿바이 파라다이스』 『개들이 식사할 시간』,
장편소설 『심여사는 킬러』 『엘자의 하인』 『프랑켄슈타인 가족』
『신문물검역소』 『어두운 숲속의 서커스』 『페로몬 부티크』 등을 냈다.

너는 묵직한 깃털처럼 해먹에서 뛰어내렸다. 잠이 가시지 않은 얼굴로 길게 하품을 하고 나서야, 초조하고 긴박했던 새벽녘 꿈들을 털어낸 것 같았다. 너는 자동급식기에 소복이 쌓인 사료에 고개를 숙였다. 방파제 테트라포드처럼 생긴 갈색 알갱이를 씹다 말고 너는 앞발로 흙 덮는 시늉을 했다. 나는 안다. 그게 네가 나를 기억하는 방식이란 걸. 언젠가 내가 주린 배로 돌아오면 의기양양한 얼굴로 묻어두었던 사료를 파헤쳐 나누어 주고 한 발짝 물러서고 싶은 마음이란 걸. 그러나 나는 네게 돌아갈 수 없다. 이제 내가 할 수 있는 건 네가 내게 올 때까지 조용히 기다리는 일뿐이다.

우리는 한겨울 지하주차장 쏘나타 아래에서 태어났다. 새끼를 낳기에 엄마는 너무 늙고 허약했다. 새끼 여섯 마리 중 겨울을 버텨낸 건 우리 형제뿐이었다. 아빠를 본 적은 없지만 아마 흰 바탕에 고동색 점박이일 거라고 짐작했다. 엄마와 나는 노랑 줄무늬였지만 넌 노란 털이라곤 한 올도 섞이지 않은 고동색 점박이였으니까.

지하주차장엔 열세 마리의 고양이가 살았다. 낮엔 은신처에서 몸을 단단히 웅크리고 반수면 상태로 있다가 밤이 되면 먹이를 구하러 흩어졌다. 건강한 고양이들은 죽은 새와 쥐, 썩은 냄새가 풍기는 생선대가리, 듬성하게 살점이 남은 닭튀김 따위로 배를 채웠다. 하지만 엄마는 걷는 것조차 쉽지 않았다. 털은 윤기를 잃은 지 오래인 데다 입가엔 늘 묽은 침이 흘렀다. 숨결에선 비린내가 풍겼고, 젖에선 고름 맛이 났다. 우린 오래지 않아 엄마가 죽으리란 걸 짐작했다. 내가 엄마의 말라버린 젖을 빠는 사이, 너는 아반떼 아래에 사는 삼색 고양이의 뒤를 밟으며 사냥을 배워갔다.

겨울이 끝나가던 어느 새벽, 너는 잠든 나를 깨우고 앞서 걸었다. 지금도 선명히 떠오른다. 느낌표처럼 곧게 선

너의 고동색 꼬리와 이따금 나를 돌아볼 때마다 마주치는 뿌듯한 눈동자가. 네가 나를 데려간 곳은 아파트 화단 한편 철쭉나무 아래였다. 목을 길게 빼서 주위를 둘러본 너는 다 큰 고양이처럼 야옹, 크게 한 번 울었다. 그러고는 얕게 덮어놓은 흙을 파헤쳤다. 뻣뻣하게 굳은 박새 한 마리가 드러났다. 너는 한 발로 박새의 몸통을 누르고 뼈가 억센 날개와 머리를 발라냈다. 그러고는 한 걸음 뒤로 물러나 천천히 몸단장을 시작했다. 나는 먹기 좋게 발라놓은 박새에게 다가가 냄새를 맡았다. 신선한 피와 살 그리고 흙냄새가 훨씬 풍겼다. 나는 앞발로 죽은 박새의 몸을 두어 번 건드려본 뒤에야 놈의 뱃구레에 송곳니를 박아 넣었다. 그때 너는 이미 어른 고양이였을지도 모르겠다.

고양이는 덤덤해야 오래 살 수 있다. 쏘나타 주인의 고함에도, 경비원의 빗자루에도, 죽은 엄마의 부윰한 눈동자에도 놀라선 안 되었다. 하지만 나는 덤덤하지 못했다. 매번 겁에 질려 털을 세우고 호령하듯 울었다. 그때마다 너는 그릉거리며 나를 핥았다.

*

　자박자박 가벼운 발소리를 유심히 듣던 네가 도어록이 해제되는 소리에 출입구로 걸어갔다. 문이 열리고 검정 슬리브스에 청바지를 걸친 다나가 인사를 했다.

　"장수, 잘 잤어? 밖에 날씨 덥네. 누나가 에어컨 틀어줄게."

　다나가 에어컨을 틀고 진공청소기를 돌리기 시작했다. 너는 진짜 장수(將帥)처럼 소음 속에서도 놀란 기색 없이 스크래처에 발톱을 박아 넣었다. 희고 보드라운 앞발 틈 사이로 날카로운 발톱이 솟아나 촘촘하게 감아놓은 노끈에 보푸라기를 만들었다. 그러다 문득 동작을 멈춘 너는 코를 발름거리며 문을 바라보았다. 저벅저벅 묵직한 발소리와 텁텁한 체취가 다가오고 있었다. 발소리가 문 앞에서 멈추자 너는 조바심을 감추지 않고 가늘게 울었다.

　"특식 먹는 날인 거 알고 아빠 기다렸구나? 얼른 옷 갈아입고 줄게."

　네가 기다린 사람은 수의사 윤이었다. 와이셔츠 단추 사이가 벌어질 만큼 비만한 체구에 턱수염이 풍성한, 언뜻 외국인처럼 보이는 중년이다. 그는 플라스틱 반찬통을 네 앞에 흔들어 보이곤 진료실로 들어갔다.

청소가 끝나고, 잠시 환기를 시키는 시간을 너는 가장 좋아한다. 방충망으로 막힌 창가에 앉아 꼬리로 단정히 앞발을 감싼 채 도로를 내려다보았다. 일정한 유속으로 달리는 자동차 사이에 흰색 쏘나타가 섞이면 너의 동공이 커지기도 했다. 그러다가도 비문증처럼 눈앞에 어른거리는 날벌레를 보면 수염을 당겨 모으고 앞발을 들어 사냥 태세에 돌입했다.

"손님 오기 전에 먹자."

윤이 창문을 닫고 너의 겨드랑이에 손을 끼워 내려놓았다. 그는 집에서 가져온 플라스틱 반찬통을 열었다.

"닭고기랑 계란 노른자랑 크릴새우오일까지 넣었어. 어때, 고소한 냄새가 나지?"

윤은 매주 월요일마다 특식을 가져왔다. 닭고기, 쇠고기, 연어, 이따금 칠면조를 구해 곱게 간 뒤 몇 가지 영양제를 섞은 것들이었다. 너는 고양이답게 의심이 많고 신중했다. 매번 그가 건넨 특식의 냄새를 맡고 앞발로 건드려보고 혀끝에 아주 조금 묻혀 맛을 본 뒤에야 안심했다.

너는 덤덤하게 식사를 시작했다. 윤이 너를 향해 뻗으려던 손을 호주머니에 찔렀다. 그는 네가 애완동물이 될 수 없다는 걸 새삼 깨달았을 터였다. 파트너로서 적당한 거리를 두는 게 서로를 위한 배려라 믿는지 몰랐다. 윤과 네가 파트너가 된 건 재작년 초가을이었다.

지하주차장 고양이들이 하나둘 앓아눕기 시작했다. 병에 걸린 고양이는 하나같이 피가 섞인 설사를 흘리고 노르스름한 거품 구토를 했다. 하필 가장 먼저 감염된 고양이는 나였다. 회전하는 면도칼이 든 것처럼 배가 아플 때면 몸을 웅크리고 눈을 감았다. 눈물이 쏟아져 진득한 눈곱이 져도 몸단장을 할 여력이 없었다. 먹고 마신 것이 없어도 구토는 멎지 않았다. 어린 고양이들은 두어 번 혈변을 보고 나면 숨을 헐떡거리다 싸늘하게 죽었다. 건장한 녀석들도 사나흘을 버티지 못했다. 물론 나도 그랬다. 언제 어떻게 죽었는지는 기억나지 않는다. 의식을 차렸을 땐 이미 육신을 잃은 뒤였다. 탈수로 가죽이 늘어지고 시커먼 혈변이 자동차 타이어 사이로 엔진오일처럼 흘러나온 내 모습을 허공에서 바라보았다.

비루한 주검에 미련은 없었다. 나는 너를 찾아 이곳저곳을 떠돌았다. 아파트 화단과 재활용품 하치장, 놀이터와 버스정류장으로 향하는 오솔길. 너를 닮은 이부형제와 이복형제들이 눈에 띄기도 했지만 하나같이 등허리를 꿀렁대며 노란 거품을 토하거나 묽은 침을 흘리며 밭은 숨을 몰아쉬는 모습이었다. 그 사이에 네가 없다는 게 다행스러우면서도 어쩐지 섭섭했다.

"나비야, 조금만 참자. 누나가 너 치료해서 꼭 살려줄게. 근데 택시는 왜 안 오니."

그때 105동 입구에서 다나를 보았다. 그녀는 초조한 표정으로 강아지용 케이지를 들고 있었다. 엉성하게 뚫린 철장 사이로 네가 보였다. 생기 잃은 눈이 힘없이 끔뻑였다. 다나가 휴대폰을 꺼내 들었을 때 다행히 회색 택시 한 대가 멈춰 섰다.

"우리아이동물병원이요."

택시에 탄 다나는 임신한 배를 끌어안듯 케이지를 품었다.

너는 운 좋게 동물병원 테크니션에게 구조가 되었다. 다나는 택시에서 윤에게 전화를 걸었다. 일요일 오후였고, 윤은 때마침 극장 매점 앞이었다.

"원장님, 응급인데 병원 나오실 수 있으세요?"

다나의 말에 윤은 캐러멜팝콘을 들고 느릿느릿 엘리베이터로 향했다.

"다나 씨네 강아지?"

"아뇨. 단지에 사는 고양이요. 동네에 범백이 유행인데 탈수가 심해요. 오륙 개월령 수컷이요."

그제야 알게 되었다. 나를 죽인 병명이 범백이란 걸.

"범백은 대증요법밖에 없어. 링거 맞으면서 버텨야지 뭐. 알았어요. 좀 이따 병원에서 봅시다."

다나는 가느다란 손가락을 철장 안으로 뻗어 너의 이마를 긁었다. 생사의 기로에 선 네가 희미하게 가릉거렸다.

"있지, 나 사실 고양이는 별로 안 좋아해. 병원에 고양이가 다녀가면 늘 어딘가에 상처가 남거든. 그런데 말이야, 밖에서 만나는 고양이들은 아주 다르더라. 아무도 나를 먼저 공격하지 않지. 그저 내가 무심히 지나가길 바라는 배고픈 겁쟁이들이었어. 하아, 너랑 같이 다니던 노란 고양이는 지금 어디 있을까?"

다나가 네게 속삭이는 사이, 윤은 캐러멜팝콘을 우적거리며 가운을 걸쳤다. 너를 처치실로 옮긴 다나가 작은 트리머를 가져와 앞다리에 난 털을 밀었다. 그러고는 주사기로 혈액을 뽑고, 링거를 연결했다.

"잘생겼네. 골격 좋은 것 봐."

윤이 너의 눈꺼풀을 들어 올려 들여다보며 중얼거렸다.

"범백이면 좀 어렵겠죠?"

다나가 물었다.

"치사율이 70~80퍼센트니까 너무 기대하지 마. 근데 이 녀석 피지컬이 좋아서 모르겠다. 격리실에 넣고 수액 체크 계속 해줘요."

윤이 불룩한 너의 배를 길게 한 번 누르자 갈라지는 울음이 토사물처럼 올칵 쏟아졌다.

이튿날, 혈액검사 결과가 나왔다. 윤과 다나는 아직 낮은 백혈구 수치에 안타까워했지만, 네가 고양이 사이에선 매우 드문 B형 혈액형이라는 데 놀란 눈치였다. 너는 이틀 뒤 백혈구 수치가 서서히 올라가기 시작했고 다나가 강제로 입을 벌려 입천장에 발라놓은 처방식을 삼켰다. 너는 다나에게 발톱을 세우지 않았다. 그저 흔해빠진 겁쟁이 고양이가 아니란 걸 증명하기라도 하듯 바늘과 가루약과 처방식을 순순히 받아들였다. 그 무렵 혈변과 구토가 멎고 식욕도 되살아나기 시작했다. 너는 10퍼센트에 속하는 고양이였지만 자신의 생존조차 덤덤하게 받아들였다.

*

첫 손님은 브리티시숏헤어였다. 반려자인 청년은 안내

대 위에 케이지를 내려놓고 초조하게 다나를 기다렸다.

"아기 어디가 아파서 왔나요?"

다나는 병원을 찾는 모든 동물을 아기라고 불렀다.

"신부전증 진단을 받는데요…….'

청년이 아무도 없는 걸 확인하고도 목소리를 낮췄다.

"신부전이면 의료센터나 대학병원으로 옮기셔야 할 텐데요."

다나가 미안하다는 듯 고운 미간을 구겼다.

"다니는 병원은 있어요. 지금 당장 수혈을 받아야 하는데, 우리 살구가 B형이라서요."

청년은 케이지를 열어 축 늘어진 회색 고양이를 꺼냈다.

"아…… 어떻게 알고 오셨어요?"

다나가 해먹에 누워 몸단장하는 너를 바라보았다.

"카페에 글을 올렸더니 누가 쪽지를 주셨어요. 우리 아이에 B형 공혈묘가 있다고.'

너와 윤이 파트너가 된 건 범백이 완치된 후였다. 기초 접종을 마친 윤은 오래 살라는 뜻으로 너를 장수(長壽)라 이름 짓고 병원에서 키우기로 결정했다. 물론 집과 식사, 의료서비스가 무료는 아니었다. 너는 이따금 생사의 기로에 선 고양이들에게 피를 나누어 주어야 했다. 그것이야말로 덤덤한 고양이가 아니면 할 수 없는 일이었다.

헌혈 전에는 여섯 시간 동안 금식을 해야 했고, 진정제를 맞아야 했다. 때때로 응급환자가 발생하면 너의 체중에서 뽑을 수 있는 최대 양인 60밀리를 넘겨야 할 때도 있었다. 그때마다 너는 모로 누워 창밖을 보곤 했다. 가로수 은행나무에 박새가 앉길 기다리는지도 몰랐다.

"원장님, 보호자가 수혈을 원하시는데 아까 장수 밥 먹었잖아요. 돌려보낼까요?"

다나가 진료실 문을 열고 소곤소곤 물었다.

"밥 먹었어도 괜찮지, 뭐. 토할 거 같으면 우리가 석션해주면 되잖아. 들어오시라고 해."

윤이 진료실 한편 세면대에서 손을 씻고 의자에 앉았다. 이윽고 청년이 케이지를 들고 주춤주춤 들어섰다.

"어디 보자, 이름이 뭐죠?"

"살구요."

"살구야, 너 운 진짜 좋다. 여기 너랑 혈액형 같은 친구가 있는 줄 어떻게 알고 왔어? 원장님이 한고비 넘기게 해줄게."

다나가 네게 다가갔다. 너는 그녀의 살냄새를 좋아하지만 답삭 안기거나 몸을 비비지는 않았다. 그저 오래도록 냄새를 기억하기 위해 깊게 숨을 들이마셔 각인할 뿐이었다.

"장수, 잠깐 아야 할 건데 참을 수 있지?"

다나가 너를 살며시 끌어안았다. 너는 따뜻한 물주머니 같은 몸을 늘어뜨리고 처치실로 향했다. 진정제가 들어가자, 너의 동공이 바둑돌처럼 새카맣게 커졌다. 이따금 바닥을 탁탁, 치던 꼬리도 잠잠해졌다. 윤이 혈액 시린지를 들고 처치실로 걸어왔다.

"근데 원장님."

혈관을 찾느라 검지로 너의 팔뚝을 두드리는 윤 옆에서 다나가 속삭였다.

"왜?"

"살구 보호자분이 말씀하셨는데, 누가 쪽지로 우리 병원 가면 B형 수혈받을 수 있다고 알려줬대요."

바늘이 너의 연분홍빛 살가죽을 뚫고 들어가 시린지를 채우기 시작했다.

"그게 왜?"

윤이 라텍스 장갑을 벗으며 다나를 심드렁하게 바라봤다.

"자꾸 소문나면 곤란한 거 아니에요? 6주 내론 다시 못

뽑으니까……."

다나의 말에 윤은 아무 대답도 하지 않은 채 일어섰다.

"원장님."

너는 또다시 야생의 긴박하고 치열했던 시절의 꿈을 꾸는 것 같다. 수염이 움찔거리고, 네발이 바르르 떨렸다.

"원장님!"

다시 다나가 윤을 불렀다. 처치실 문을 열던 윤이 느릿하게 고개를 돌렸다.

"그 쪽지, 원장님이 보내신 거죠? 단골 만들려고."

"장수 수액에 영양제 칵테일 해서 놔줘."

윤이 나가고 난 자리에 잠시 피 냄새가 고였다 빠졌다.

나는 윤을 원망하지 않는다. 그건 너도 그럴 터였다. 너와 윤은 한결같은 파트너이지 가족이나 친구는 아니었다. 그는 네게 무수한 상처를 남길 뿐 치명상을 입히지는 않는다. 그걸 이해하지 못하는 건 다나뿐일지도 몰랐다. 전화벨이 울렸다. 다나가 불쾌하게 달아오른 얼굴을 세수하듯 문지르며 접수대로 향했다.

거즈로 눌러놓은 주삿바늘 자리에서 피가 배어 나왔다. 공혈묘의 시간처럼 느리게 아주 느리게.

질주　•　•　•　박민정

박민정

고양이 눈, 고양이 입, 고양이 소리, 사람들은 비난조로 말했다.

'저 피사체 좀 치워버리라'는 그의 말처럼.

그러나, 그것이 결코 비난의 도구가 될 수 없음을 이제는 누구라도 안다.

2009년 『작가세계』를 통해 소설을 발표하기 시작했다.

소설집 『유령이 신체를 얻을 때』 『아내들의 학교』,

장편소설 『미스 플라이트』 등을 냈다.

〈토이카메라〉 현장에서, 내가 배운 게 아예 없지는 않았다. 나로서는 처음 알게 된 것들도 있었다. 가령 촬영용 피를 만드는 방법 같은 것. 그들이 내 앞에서 직접 피를 만들어 보였기 때문이다. 올리고당과 검붉은 식용색소를 섞으면 색깔도 그렇거니와 적당히 끈끈한 느낌이 제법 혈액 같았다. 선배들은 내 앞에서 직접 그걸 만들어 보였다. 윤성 선배는 세숫대야에 올리고당과 식용색소를 풀어 넣고 손으로 휘휘 젓다가 내게 엄지손가락을 내밀었다. 먹어볼래? 달고 좋아.

더불어 그들이 슬레이터로 컷을 구분하는 까닭, 화면을

예쁘게 찍기 위해 연기를 피우는 스모그 머신을 쪼다통이라고 부른다는 것. 윤성 선배와 진혁 선배는 흐름이 끊기면 스크립트를 말아 쥐고 고함을 쳤다. 우리가 너만큼잘 쓰지는 못하겠지만……. 윤성 선배가 방바닥에 스크립트를 집어 던지는 순간, 며칠 전 그가 겸연쩍어하며 보여주던 시나리오가 생각났다. 그들이 나를 그 예전의 나로 대했던 건 피를 만들던 때가 마지막이었다.

학사촌아파트 703호. 윤성 선배는 내게 청치마를 입고 그곳에 와달라고 했다. 발목까지 오는 긴 치마여야 한다고 했다. 그 시절에는 대부분의 여학생에게 긴 청치마가 하나쯤은 있었지만, 내가 가진 것이 그다지 마음에 들지 않았다. 룸메이트가 며칠째 기숙사 방에 돌아오지 않았다. 나는 빨랫줄에 걸려 있는 그녀의 치마를 걷어 입고갔다. 발목까지 오는 긴 청치마를 입은 여자에게 애초에기대했던 이미지는 무엇이었을까. 10년이 훌쩍 넘게 흐른 지금도 나는 까닭을 알지 못한다. 현장에서는 그 치마를 입을 일이 없었다.

대신 나는 윤성 선배의 동기라는 여자가 미리 준비해놓았다는 검은 슬립을 내내 입고 있었다. 24시간이 넘는시간 동안. 처음에 윤성 선배는 내게 슬립 안에 착용한

브래지어를 빼달라고 했다. 딴에도 그런 말을 하기는 쑥스러웠던지 조심스럽게 말하기는 했다. 그는 곧 사색이 된 나를 보고 고개를 절레절레 흔들며 말을 거뒀다. 그들이 '원하는 그림'이 나오지 않는다고 고함을 칠 때마다 나는 혹시 그 요구를 들어주지 않아서인가, 생각해보아야 했다.

학사촌아파트 703호에 도착했을 때 내가 맞닥뜨린 풍경은 그야말로 지옥 같았다. 천장이 바닥이 되고 바닥이 천장이 되는 뒤집어진 세상. 평소 누군가의 자취방으로 쓰일 공간은 세간이 이리저리 뒤섞인 채 엉망이었다. 매트리스 옆에 비스듬히 세워진 전신거울에 금이 가 있었다. 선배들을 비롯한 스태프들은 더러 운동화를 신은 채 마룻바닥에 뛰어들곤 했다. 대체 자기 방을 촬영 워크숍 현장으로 내어준 호구는 누구였을까, 나는 그곳에 들어서자마자 생각했다. 암막커튼을 쳐 컴컴한 방 어딘가에서 고양이 울음소리가 들렸다. 주인이 건사하지 못한 고양이는 날카로운 울음소리를 내며 여기저기 쏘다녔다. 어둠 속에서 윤성 선배가 뱃살이 늘어져 보일 만큼 뚱뚱한 고양이의 뒷목을 잡고 들어 올리며 했던 말을 잊지 못한다. 이것 좀 어디 갖다 버려라, 사운드 계속 들어오잖아.

커튼을 젖히거나 칠 때마다 달라지는 조도 때문에 순식간에 뒤바뀌던 명암. 선배들의 고함 소리와 쫓겨난 고양이가 문밖에서 간헐적으로 울부짖을 때마다 달음박질하던 발소리. 방 안을 가득 메우던 담배 연기. 민원이 들어왔는지 문을 쾅쾅 두드리며 소리 좀 줄이라고 외치던 경비 아저씨의 목소리. 이 새끼들, 담뱃값도 안 나올 짓거리들 하고 있네. 그런 것들과 더불어 내게 선명하게 남아 있는 감각은 용수철이 튀어나온 매트리스의 촉감이다. 얇은 슬립만 입고 누워 있으려니 괴로웠다. 허리께에 집요하게 파고들던 따끔거리는 철사의 감촉이야 그들의 시선에 비한다면 아무것도 아니었지만. 카메라 감독인 진혁 선배 뒤에서 한 여자가 낄낄대며 말했다. 와, 범석 씨 계 탔네. 시나리오에는 그런 내용이 없었다. 진혁 선배 대신 윤성 선배가 직접 핸드헬드로 카메라를 움직이며 다가왔다. 나와 낯선 남자 사이로. 그때 매트리스에는 세 사람이 있었다. 카메라를 든 자와 나와 낯선 남자가.

트위터에서는 영화 〈질주〉에 관한 갑론을박이 한창이었다. 아이돌 그룹 출신 주연배우 Y가 저지른 범죄에 관한 이야기였다. 비록 그는 무혐의 처분을 받았으나 여론은 좋지 않았다. 그를 성폭행 가해자로 지목한 사람은 그에게 섹스 서비스를 제공하던 여성이었다. 사건이 언론에 공개되던 초기부터 기사의 방점도 거기 찍혀 있었다. '이런 강간이 가능한가?' 사건이 일어날 당시 룸에 동료 연예인들이 있었고, 그들이 보는 앞에서 Y가 행위를 강제했다는 내용 때문에 더욱 화제가 된 것은 그들의 명단이었다. 증권가 찌라시와 흡사한 형태로 돌던 명단은 급기야 그들이 참고인 조사를 받은 후 공식 문건처럼 여러 매체에 걸렸다. 날마다 그들의 이름이 회자되었다. 그중에는 Y의 전 여자친구라고 알려진 여배우도 있었다.

Y가 강간에 관한 무혐의 처분을 받기까지 1년 동안 사건은 SNS를 통해 뜨겁게 거론되었다. 그가 주연으로 촬영한 영화가 있었다는 사실은 뒤늦게 알려졌다. 지금 트위터에서는 영화의 개봉 여부에 대한 토론이 진행 중이었다. 투자사와의 갈등 때문에 촬영 완료 후 몇 년 동안이나 개봉을 하지 못한 영화 〈질주〉는 갈등을 해결하자마자 주연배우 Y 사건 때문에 다시 발이 묶였다. 〈질주〉는 젊은 감독의 상업영화 데뷔작이라고 했다. Y를 포함한 인기배우들을 대거 기용한 작품으로 화려한 입봉을 앞두고 있던 신인 감독에 관한 이야기가 나오기 시작했다. Y가

무혐의 처분을 받은 직후였다.

나는 이 건과 관련한 트위터의 공론을 처음부터 읽기 시작했다. 1년 전, 주연배우 Y의 사건이 처음 공개되던 당시의 기사와 그에 대한 반응부터. 트위터의 타임라인은 어떻게 구성하느냐에 따라 공론의 결과 온도가 달랐지만, 사건과 관련하여 화제가 된 이야기들만큼은 놓치지 않으려고 했다. 그중에는 이미 봤던 이야기들도 있었지만 다시금 정독했다. 며칠이 걸렸다. 내게도 급한 마감이 있었지만 홀린 듯 트위터만 들여다봤다. 1년 동안의 여론을 복기하는 데 일주일이 걸렸다. 힘들게 완성한 작품을 개봉하지 못하고 있는 불운의 신인 감독, 윤성 선배의 이름이 나오는 순간까지. 공론의 흐름 막바지에 감독 이윤성이 등장하는 순간 나는 트위터를 종료했다. 내게는 여기서부터 시작이었다.

영화 〈질주〉에 관한 정보를 검색해봤다. 감독의 이름이 나오기 전까지, 나는 그 제목을 보고도 조금도 짐작하지 못했다. 어쩌면 그저 흔한 명사일 뿐이었다. Y를 포함한 유명한 주·조연배우들의 이름은 눈에 들어오지 않았다. 촬영부와 연출부에 걸린 이름 중 몇몇이 익숙했다. 조연출, 촬영부, 조명부, 그립, 키그립, 스크립터까지. 나는 오랜 시간이 흐른 후에도 그들의 이름을 잊지 못했다. 그들은 '내 영화'의 스태프롤에도 이름을 올렸다. 그날 학사촌아파트 703호 워크숍 현장에 있었던 사람들이었다. 13년 전, 윤성 선배와 진혁 선배의 학기 과제였던 5분짜리 단편영화 〈토이카메라〉의 스태프들. 영화과 학생들이었다. 내게 검은 슬립을 빌려주었던 여자의 이름이 촬영부에 있었다. 그녀는 당시 촬영이 끝나고 자신의 싸이월드 미니홈피에 '2004, 토이카메라' 폴더를 만들어서 현장 사진을 수십 장 업로드하기도 했다. 검은 볼캡을 쓰고 목에 흰 수건을 두르고 인상을 쓴 윤성 선배의 사진 밑에 '순수한 열정 그 자체, 이윤성 감독님'이라고 코멘트를 했다. 내 사진이 두 장 있었다. 속옷이 훤히 비치는 얇은 검은색 슬립을 입고 매트리스에 걸터앉아 있는 모습, 금 간 거울을 보며 머리카락을 빗고 있는 모습. 〈토이카메라〉는 흑백영화였다. 그녀가 디지털카메라로 촬영한 사진은 컬러였다. 사진 속 드러난 내 어깨에 윤성 선배가 직접 만든 검붉은 가짜 피가 묻어 있었다.

그러니까 이걸 네 몸에 바를 거야. 자해하는 여자거든. 어깨를 찔렀다가 피가 흐르면 그걸 찍어 먹기도 하고. 올리고당이라 괜찮아. 먹어볼래? 달고 좋아.

당시 나는 스무 살의 대학 신입생이었다. 입학한 지 한 달 정도 지났을 때였다. 그때까지 내게 '질주'는 대학 생활의 전부였다고도 말할 수 있었다. 강남에 있는 집에서 경기 남부에 있는 대학 캠퍼스까지 고속버스를 타면 50분 정도 걸렸다. 통학할 수도 있었지만 나는 기숙사를 신청했다. 밤낮없이 캠퍼스에 머물고 싶어서였다. 당시 나는 대학생이 되었다기보다는 이미 '예술인'이 되었다고 생각했다. 예술대 학생이 된다는 것은 내게 캠퍼스 가장 구석에 위치한 그 컴컴한 작업실로 걸어 들어가는 일과 다름없었다. 암실, 시사실, 소극장, 갤러리, 도서실이 있는 낡아빠진 건물로. 예술대는 수능 점수에 맞춰 배치표를 보고 전공을 선택하는 그런 학생이 들어올 수 있는 곳이 아니었다. 우리는 자부심으로 가득 차 있었다. 국내에서 가장 오래된 예술계열 학과들이자, 각 분야 전문가들을 가장 많이 배출한 한국 예술의 모집단이다. 예체능계열 상위 1퍼센트이자 몇백 대 1의 실기고사를 통과한 학생들이다. 우스꽝스럽기 그지없는 말이지만, 예술대학 오리엔테이션에서 각 학과 학생회장과 단과대 학생회장이 들고 선 마이크와 부총장의 영상편지에서까지 흘러나오던

메시지였다.

'질주'는 50년 전통의 예술대학 학보사였다. 수많은 경우에 '우리 예술대는 하나다.'라고 부르짖던 것과는 다르게 '질주'는 학과를 차별해서 선발했다. 공식적으로 내건 조건은 아니었지만 누구나 알고 있었다. '질주'에 입회할 수 있는 학과는 네 개뿐이었다. 문창과, 사진과, 영화과, 산업디자인과. 예외적으로 연극과 연출 전공의 입회가 허락되기도 했다. 영화과에는 연기 전공이 없었다. 50년 전통 질주만의 언어들이 있었다. 가령 당시에는 NL도 PD도 변변찮았지만, 한때 사립대 운동권의 선봉장에 섰었다는 자부심이 곁들여진 수사들. 민족, 자주, 해방, 민족쓰임, 애국 같은 단어들. 또한 이런 농담도 대대로 전수되어왔던 것이다. '우린 딴따라는 안 받잖아.' 입회 후 처음 가진 선배들과의 술자리에서 나는 그 말을 들었다. 우린 돈이 없어도 행복한 딴따라들이잖아, 라는 말과 우린 딴따라는 또 취급 안 하잖아, 라는 말을 동시에 할 수 있다는 아이러니가 내게는 멋져 보였다.

윤성 선배와 진혁 선배는 '질주'의 선배들이었다.

그들은 내게 자신들이 새내기 시절 가장 존경하던 선배가 다름 아닌 문창과 형이었다고 했다. 살면서 그런 천재는 다시 만나볼 수 없을 것이라고. 형이 쓴 시를 처음 보았을 때 기계나 다루는 자신이 받았던 충격은 이루 말할 수 없었다고 윤성 선배는 말했다. 졸업을 한 학기 앞둔 복학생이었던 형은 마지막 학기를 '질주'에 바치고 떠났다고 했다. 그런 천재, 라는 말에 가슴이 뛰었던 순간을 기억한다. 나도 문창과였으니까.

형이 말했던 소설, 뭐였더라. 아, 『눈먼 자들의 도시』, 너도 읽어봤지?

그 소설이라면 익히 들어왔지만 읽지는 않았었고, 나는 무심코 대답했다.

아, 그 소설. 우리 과 교수님이 쓰신 소설이요?

윤성 선배와 진혁 선배를 생각하면 여러 장면이 동시에 떠오른다. 좁은 모자챙 너머 그늘진 윤성 선배의 얼굴이나, 씨발 쪼다통보다도 못하네, 뇌까리던 진혁 선배의 땀에 젖은 등. 검은 슬립을 입고 주저앉아 눈물을 흘려보려고 애쓰던 나. 그러나 아직도 가장 마지막에 남는 장면은 그 장면이다. 우리 과 교수님이 쓰신 소설이요? 그 말에 윤성 선배와 진혁 선배는 서로를 마주 보며 고개를 절레절레 저었다. 윤성 선배는 짧게 한숨 쉬며 말했다. 하, 그럴 리가. 나는 오랫동안 그 장면을 기억했다. 수치심을 느끼는 순간마다 기습하는 장면이었다.

'질주'는 분기마다 학보를 냈다. 1분기인 3월 말에는 신입생에게 별다른 역할이 주어지지 않았다. 입학한 지 한달도 채 되지 않았는데 예술대 동향을 취재하는 스트레이트 기사도, 특정한 주제를 정해 쓰는 기획기사도 쓸 수 없었다. 3월에는 선배들을 따라다니며 밥과 술을 얻어먹고 그들과 친해지는 것이 새내기로서 마땅히 해야 할 일이었다. 윤성 선배와 진혁 선배는 신입생 환영회에서 내게 문창과 형 이야기를 하며 말을 걸어왔고, 가장 많은 관심을 보인 사람들이었다. 나는 한 달 내내 그들을 따라다녔다.

늦은 밤까지 잔디밭에 앉아 술을 마시다 각자 과제를 하러 돌아갈 때면, 윤성 선배는 내게 이렇게 말하곤 했다. 외롭겠다. 글 쓰는 사람들은. 우리는 며칠 밤 새워도 늘 북적북적하지만 너희들은 혼자 해야 하잖아. 게다가 머리통 하나만 믿고. 밤새 영화는 찍어도 밤새 글은 못 쓸 것 같아. 존경한다.

그런 말을 듣는 게 좋았다.

조금 늦어졌네. 얼른 화장실 가서 옷 벗고 와.

'귀를 의심한' 적은 태어나서 처음이었다. 나는 멍하니 서 있었다. 윤성 선배는 손을 닦으며 재촉했다. 뭐 해, 어서 안 갈아입고. 나는 아직 붉은 기가 남아 있는 그의 손등을 빤히 보며 망연자실 서 있었다. 어느새 다가온 처음 보는 여자가 내게 검은 슬립을 건넸다. 그녀는 나를 빠르게 위아래로 훑으며, 저랑 체형이 비슷하다고 들었는데 정말이네요, 하고 말했다. 그걸 받아 들고 나는 아무 말도 못 했다.

청치마를 입고 오라면서요? 발목까지 오는 긴 치마를 입어달라고 말한 사람은 선배잖아요? 그 말을 머릿속으로 끊임없이 굴려보면서도 내뱉지 못했다. 학보사 사무실 소파에 앉아서 구경한 시나리오에도 '청치마를 입은 그녀'라는 말이 분명 있었다. 윤성 선배와 진혁 선배는 겸연쩍어하며 〈토이카메라〉 시나리오를 보여주었다. 직접 그린 콘티도 함께였다. 그냥 졸라맨이야. 그림은 못 그려도 그림은 잘 만드니까 걱정 말고 와.

등장인물은 '그녀'와 '범석' 둘뿐이었다. 그로부터 몇 년이 흐른 후에야 기억해낸바 〈토이카메라〉에는 부제가 있었다. 범석의 모놀로그. 703호 현장에서의 순간들은 살아가는 내내 그야말로 불현듯 머릿속에 들이닥쳤다. 어느 날 꿈속에서 나는 윤성 선배의 멱살을 붙들고 말했다. 너는 그 영화로 상까지 받았으면서 아직도 나한테 미안한 게 없어? 그런 꿈을 몇 번이나 꿨는지 헤아릴 수조차 없다. 문득 윤성 선배가 보여주었던 시나리오 표지에 적혀 있던 부제가 기억나는 순간, 나는 용수철이 튀어나온 허름한 매트리스 위에 상의를 벗은 채 누워 있던 남자가 영화의 진짜 주인공이었다는 것을 깨달았다. 영화를 떠올릴 만한 상황도 아니었고, 학교 생활 자체도 잊혀져갈 무렵이었다. 사실상 나 혼자 등장하는 일인극에 가까웠으나 〈토이카메라〉는 '범석'의 모놀로그였던 것이다. 나는 주인공 범석의 기억 속에서 움직이는 그녀에 불과했다. 그 사실을 나는 학교를 졸업하고도 1년 후에야 알았다. 703호에서는 결코 알 수 없었던 사실이었다. 온몸에 가짜 피 칠갑을 하고 눈물을 쥐어짜내야 하는 유일한 피사체는 나뿐이었으니까.

범석 씨 계 탔네, 그 말과 함께 나는 옆에 누운 남자를 돌아보았다. 윤성 선배는 내게 베드신이 있다고 일러주지 않았다. 아직 첫키스도 안 해봤을 텐데, 미안. 남자를 뒤에서 끌어안고 그의 볼에 입을 맞춰달라고 했다. 그 이상을 요구하지 않는 것이 나에 대한 배려라는 양. 윤성 선배는 핸드헬드 워킹으로 그 장면을 클로즈업해 촬영했다. 그 장면이 반년 후 예술대 축제에서 대문짝만 하게 걸리게 될 줄이라고는 몰랐다.

촬영이 언제 끝나는지 누구에게도 물어볼 수 없었다. 이른 아침에 시작된 촬영은 밤이 깊어 새벽이 되도록 끝날 기미를 보이지 않았다. 윤성 선배가 몇 번이나 방바닥에 스크립트를 집어 던졌고, 진혁 선배는 한숨을 쉬며 내가 미안하다, 라고 뇌까렸다. 나는 그 말이 무슨 뜻인지 알았다. 너 고등학교 때 연극부였다며? 그럼 우리 촬영 도와줄 수 있어? 연극과 애가 갑자기 펑크를 내서 도저히 사람을 구할 수가 없어. 내게 그 말을 하며 배우 역할을 맡아주기를 권했던 사람이 진혁 선배였다. 진혁 선배는 뭔가 착각하고 있었다. 나는 고등학교 때 연극부 활동을 하지 않았다. 그러나 나는, 진혁 선배에게 다른 사람과 나를 착각한 것 같다고 말하지 않았다. 영화과의 워크숍 현장이 궁금했고 주연배우가 되어보는 경험을 해보고 싶었다. 5분짜리 단편영화를 촬영하기 위해 얼마나 긴 시간이 걸리는지 몰랐고, 시나리오에 없는 장면을 갑자기 찍을 수도 있다는 것을 나는 알지 못했다. 방학 때는 밤낮없이 아르바이트를 해서 워크숍 비용을 벌고, 학기 중에는 벌어둔 돈을 털어 영화를 찍는다는 그들의 현장에 가보고 싶었다. 나는 내내 고작 그런 생각으로 여기까지 와서 그들의 워크숍을 망치고 있다는 생각에 사로잡혀 있었다. 윤성 선배가 얼마나 무리한 요구를 하고 있는지, 그런 것을 판단할 겨를이 내게는 없었다.

시간이 흐를수록 윤성 선배는 내게 농담을 걸지도 않았고 눈을 마주치지도 않았다. 테이핑해둔 곳을 손가락으로 가리킬 뿐이었다. 그 자리에 설 때마다 내가 설 자리가 아닌 곳을 자처하는 바람에 그들에게 손해를 입히는 중이라는 생각이 나를 괴롭게 했다. 윤성 선배가 스태프들에게 나를 '피사체'라고 칭할 때마다 그저 현장 용어일 뿐이라는 것을 알면서도 가슴이 덜컥 내려앉았다. 스무 살인 내가 느꼈던 기분 그대로 표현하자면 '나는 피사체일 뿐 사람이 아니었다'. 그러나 그런 말을 누구에게도 할 수 없었다. 예술대 학생으로서 그런 말은 무식한 말일 뿐이라고 생각했으니까.

새벽이 되자 룸메이트에게 문자가 왔다. 너 내 치마 입고 갔지? 그거 내일 입어야 하는데 언제 들어올 거야. 전화 좀 해. 눈치 보며 핸드폰을 들여다보고 있는데 '범석'이 말을 걸었다. 힘들죠? 어쩌다 문창과 분이 여기에 오셨어요? 그는 매트리스에 비스듬히 기대 담배를 피우고 있었다. 담배를 물끄러미 보자 그는 내게도 권했다. 나는 거절하며 말했다. 저 선배들이랑 아는 사이라서요. 범석은 대답 없이 나를 빤히 봤다. 가만 보니 그는 꽤 나이 들어 보였다. 현장 스태프들은 전부 1, 2학년 또래들이었는데 그 나이로 보이지 않았다. 그가 서른이 훌쩍 넘은 늦깎이 신입생이었다는 사실은 나중에 알게 되었다. 그의 싸이월드 미니홈피에 들어가보았기 때문이었다. 그가 촬영이 끝난 날 쓴 다이어리에 '그 여자가 내게 입을 맞추던 순간, 나는 참을 수 없는 성욕을 느꼈고 무리한 충동에 휩싸여 혼란스러운 상상을 해버렸다…… 그러나 참을 수 없는, 이라는 말은 진짜인가? 결국에는 참아냈기에 참을 수 없음, 의 상태는 성립되지 않았던 것 아닌가…….' 따위의 글을 전체 공개 게시물로 적어둔 것과 함께.

재능 있는 젊은 감독의 상업영화 데뷔작이자, 자본의 논리와 스캔들에 희생된 불운한 역작이다…… 그것은 전부 윤성 선배에 관한 이야기가 아니었다. 〈질주〉를 둘러싼 현상에 관한 이야기일 뿐이었다. 나도 그런 것쯤은 구분할 줄 알았다. 주연배우 Y의 범죄는 그 사람이 저지른 일이었고 그것과 윤성 선배의 인격은 관련이 없을 터였다. 그러나 감독이 윤성 선배가 아니었다면, 나 역시 몇날 며칠을 밤새워 트위터를 들여다보지 않았을 것이다. 나는 〈토이카메라〉 이후 그와 멀어졌고, '질주'에서도 탈퇴했다. 2학년이 된 이후에는 영화과 선배들을 마주칠 일도 없었다. 윤성 선배가 〈토이카메라〉로 이름난 영화제에서 수상했다는 이야기를 들은 것밖에는 그의 근황을 들은 적 없었다. 톱스타를 주연배우로 영화를 찍고 있었으리라고는 상상하지 못했다. 모자챙 밑으로 그늘진 윤성 선배의 얼굴이 떠오를 때마다, 자기도 아는 소설을 내가 모른다고 면박 주던 때가 떠오를 때마다 내심 비웃곤 했다. 그렇게 어린 나이에 힘주고 다니더니 지금은 뭘 하냐. 막상 그의 '불운'을 맞닥뜨리자 당혹스러웠다.

문창과 새내기가 주인공이래. 그해 가을 예술대 축제에서 우연히 복도에서 떠드는 소리를 들었다. 나는 무대가 설치된 잔디밭으로 달려갔다. 무대 위 스크린에 내 얼굴이 영사되고 있었다. 눈물을 흘려내라고 소리치는 선배들이 화면 바깥에 있었고, 나는 대학에 입학한 후 그때만큼 울고 싶었던 순간이 다시없었지만 한 방울도 흘리지 못하고 인상만 찌푸리고 있었다. 윤성 선배는 일그러진 내 얼굴을 클로즈업해서 화면에 담아냈다. 화면을 예쁘게 찍어야 한다고 종일 스모그 머신을 돌린 만큼 컷마다 그럴듯했다. 나는 속옷이 비치는 슬립을 입고 어깨에 칼을 꽂는 시늉을 하거나 들고 있던 어항을 바닥에 팽개쳤다. 영화에 나오지 않은 장면들을 나는 더 자세히 기억했다. 어항에 금붕어 한 마리가 있었다. 윤성 선배가 그걸 집어 던지라고 디렉팅할 때, 나는 이 물고기는 어쩌느냐고 되물었다. 그때 윤성 선배가 한숨을 쉬었고, 옆에 있던 남자가 그에게 담배를 물려주었다. 깨진 유리 조각 사이로 펄떡거리던 금붕어를 나는 오랫동안 기억했다. 어항에 금붕어가 없었다면 그 장면은 조금 덜 충격적이었을 것이었다. 금붕어가 헤엄치고 있는 어항을 통째로 집어 던지는 여자의 광기 같은 것을 표현하는 재능이 분명 그에게는 있었다.

703호 현장에서의 촬영은 24시간을 넘겨 다음 날 오후에 끝났다. 나는 망설이다 윤성 선배에게 다가가서 물었다. 저, 작품 완성되면 제게도 하나 주실 수 있으세요? 그때 윤성 선배는 황당하다는 듯 나를 쳐다봤고, 대답하지 않았다. 며칠 후 나는 그에게 문자를 보냈다. 저도 완성된 작품 보고 싶어요. 그는 답장하지 않았다. '질주'와 함께

시작되었던 나의 대학 생활은 거기서 멈췄다고 기억하고
있다.

이윤성 감독의 영화 〈질주〉에 관한 정보를 영화 데이
터베이스 웹페이지에서 검색해보았다. 줄거리가 간단하
게 등록되어 있었다. 사립대 최고의 예술학부, 2000년대
초반 캠퍼스에서 영화감독과 시인의 꿈을 갖고 살아가는
청년들의 이야기. 그걸 보는 순간 나는 캐스트 명단 가장
첫 번째 올라 있는 주연배우 Y가 맡은 역할이 무엇이었
는지 알 수 있었다. 그는 이윤성 감독을 연기하는 사람이
었다.

식초 한 병 • • • • 김선영

김선영

지난봄에 꽃나무를 잡고 자는 고양이 얌이를 만났다.
괜찮다고 괜찮다고 그깟 꽃은 다시 피우면 되는 거라고 다독이는 얌이처럼
내가 쓴 글도 누군가의 가슴에 무엇으로든 닿았으면 좋겠다.

2004년 대전일보 신춘문예를 통해 소설을 발표하기 시작했다.
소설집 『밀례』, 장편소설 『시간을 파는 상점』 『특별한 배달』
『미치도록 가렵다』 『열흘간의 낯선 바람』 『내일은 내일에게』
『시간을 파는 상점 2: 너를 위한 시간』 등을 냈다.

떠나온 사람보다 떠나보낸 사람이 멀리 간 존재를 더 많이 생각한다는 것을 알았다.

　새벽부터 바람이 심하다. 청명하게 벗겨진 하늘, 편백나무 끝이 바람에 휘청인다. 사선으로 뻗어 올린 편백나무 가지 끝이 바람에 부대끼며 수런거린다. 거친 실로 그물망을 짠 것처럼 직조된 편백나무 이파리, 바람을 타는 것들은 대부분 바람을 잘 통과시키는 법을 안다. 저항하지 않는다. 그냥 지나가게 할 뿐이다.

　"선생님 모자는 왜 안 벗겨지죠? 다른 사람들은 바람이 불 때마다 모자를 잡느라 정신없는데, 끈이 달린 것도 아니고."

몽골 고비를 걸을 때 제이가 내게 처음 건넨 말이다. 나는 말없이 모자를 벗어서 그에게 건넸다. 제이는 모자의 안과 밖을 뒤집어 보며 고개를 갸우뚱했다.

"구멍, 그 구멍으로 바람을 통과시키니까요."

다크초콜릿색의 왕골 모자를 건네받으며 내가 무심히 말했다.

그날의 바람 소리가 고스란히 재현되는 느낌이다. 하늘과 땅 사이에 바람만이 제 세상인 듯 종잡을 수 없이 몰아치던 몽골 고비처럼, 편백나무 숲을 지나 강골바람과 합쳐진 바람 소리는 마치 거대한 파도가 밀려오는 것처럼 들린다.

마당 앞을 휘돌아 흐르는 강 건너 앞산에 아침 햇살이 번진다. 산 능선 위로 경계선이 파랗다. 선명하다. 내가 두고 온 세상이 저 멀리 아스라하게 멀다. 속리(俗離)다.

오늘 새벽, 제이의 문자는 멀리 있는 내가 몹시 그립다고 했다. 정말이라고 여러 번 말했다. 그래서 거짓말 같았다. 가까이 있을 때보다 멀리 있으니 그립다는 말을 어디까지 믿어야 할까. 제이와는 몽골 여행이 끝나고도 연락이 이어졌다. 가끔은 내가 사는 도시로 바람처럼 왔다가

커피를 마시고 가기도, 내가 발표한 소설을 읽고 감상을 적어 보내기도 했다.

어느 늦은 밤에는 전화로 이렇게 묻기도 했다.

"따뜻을 '따듯'으로 쓰는 이유가 있는 거죠?"

내 대답은 간단했다.

"더 따듯해 보여서요."

벤치에 앉아 앞산을 바라본다. 서늘한 봄이다. 안채와 사랑채 사이로 내려온 햇살이 벤치에 멎는다. 이 집의 고양이 얌이가 뒤꼍에서 느리게 걸어 나온다. 몇 년 전에 떠나보낸 고양이 네로 생각에 코끝이 시큰해진다. 다시는 살아 있는 것을 집에 들이지 않기로 했다. 다시는 눈길도 주지 않기로 했다. 네로를 잃고 한동안 너무나 힘들었다. 이별이 두려워 만남도 피했다. 제이와의 만남도 마찬가지다. 더 깊어질까 봐 일정 정도의 거리는 늘 유지했다. 멀어지지도 그렇다고 가까워지지도 않게.

"뭐가 선생님을 그렇게 단단하게 만들었어요. 왜 그렇게 늘 꼿꼿하세요?"

술에 취한 목소리로 제이가 따질 때도 있다.

고양이 얌이가 몸을 동그랗게 말고 내 엉덩이 옆에 제 몸을 붙인다. 체온을 나눠 주고 싶은 것일까. 아님 나눠 갖고 싶은 것일까. 허벅지와 엉덩이 어디쯤이 따뜻해진다. 얌이의 부드러운 숨소리가 배의 오르내림으로 고스란히 전해진다. 얌이의 귓바퀴에 상처가 나 있다. 숨소리속에 얌이의 고단함이 보인다.

"식사하세요. 오늘은 쑥국이에요."

아침마다 새로운 국을 끓여내는 하선 씨의 목소리가등 뒤에서 들린다.

"벌써 쑥이 나왔던가요?"

"그럼요, 나왔다마다요. 머위꽃 보셨죠? 머위꽃 피는시기랑 비슷해요."

엊그제 머위꽃 튀김을 한 채반 들고 오던 하선 씨의 얼굴이 떠오른다. 하선 씨의 가슴에 안긴 머위꽃 다발이 창백하게 노랬다.

하선 씨는 몇 년 전 이맘때쯤, 산골 생활이 너무 힘들어혼자 울 데를 찾아 뒷산 편백나무 숲에 올랐다고 했다. 죽어도 산골은 싫다는 남편의 반대를 무릅쓰고 들어온 터라하소연할 곳이 필요했다. 겨울의 끝자락과 이른 봄 어디사이, 삭을 대로 삭아 아무것도 남지 않은 그곳에 핀 노루귀꽃을 보고 그만 울음을 삼켰다고 했다. 편백나무 숲을비집고 나려 앉은 양지 녘, 새끼 노루 같은 솜털을 달고 흰색, 보라색으로 피어난 것을 보고 다잡았다고. 그렇게 다잡으며 터 잡은 지 몇 해 안 돼, 남편은 잠자듯 홀연히 가버렸다고 했다. 새참으로 잔치국수를 먹고 좋은 꿈꾸듯 웃는 모습이어서 그렇게 단잠을 자는가 보다 했다는 하선 씨, 그래서 지금도 종종 남편 꿈을 꾸는데 늘 웃는 얼굴이어서 그리 서운하지만은 않다고 담담하게 말했다.

"그리우세요?"

"말해 뭐 해요. 여기서 더 깊은 산골로 들어가면 골방기도실이 있어요. 거기서 한동안 나오지 않은 적도 있어요."

하선 씨는 아까보다 더 덤덤히 골방기도실 얘기를 한다.

혼자 남은 넓은 집의 적막함이 싫어 유료 레지던시로 내놓으며 하선 씨는 그들을 위해 밥 짓는 일을 한다.

"얌이는 뭘 좋아해요?"

얌이의 등을 쓰다듬으며 내가 물었다.

그간 생선 가시를 줘도, 멸치를 줘도 시큰둥했다.

"국 식어요. 어여 들어오세요. 아직은 바람이 차요."

하선 씨는 대답 대신 채근 먼저 한다.

된장국 속의 쑥 향이 은은하게 번진다.

"두부를 으깨 넣었어요. 국물까지 남기지 말고 드세요. 얌이는 생고기만 먹어요."

식탁 위의 반찬을 내 앞으로 밀어 놓으며 무심히 뱉는다.

"그래요? 길고양이 아니었어요?"

"아뇨, 샀어요."

"어디서요?"

"읍내서요."

"사셨구나, 이 동네 돌아다니는 길고양이인 줄 알았는데. 얼마 주고요?"

"식초 한 병요."

하선 씨의 대답은 아주 간결하면서도 경쾌하다. 콧소리 섞인 목소리는 더없이 맑다.

"읍내에 사는 분이 갑자기 여기를 뜨게 되었다면서 새끼 고양이를 맡기고 싶다고 페북에 올렸더라고요. 맡겠다는 댓글이 하나도 없는 거예요. 그래서 제가 사겠다고 했더니 비바람 속에 얌이를 데리고 온 거예요. 장날 제가 나간다고 약속까지 했는데. 그날 빗속에 얌이를 안고 저다리를 건너오는데 그냥 가슴이 철렁했어요."

"그래서요?"

"그걸 맡아주는 게 너무 고마웠던 모양이에요. 한달음에 달려온 거죠. 갑자기 외국으로 나가게 됐다면서 얌이만 안겨주고는 바로 돌아서는 거예요. 따끈한 차라도 한잔

하고 가라고 할 새도 없이요. 마침 식초를 빼던 중이라 얼른 식초 한 병을 들려줬어요."

식초 한 병이라.

"그 사람이 다시 빗속을 휘청이며 저 다리를 건너가는데, 외국이 아니라 다시는 돌아올 수 없는 먼 곳으로 떠나는 것처럼 보였어요."

농로 사이 외길처럼 나 있는 시멘트 다리 위로 비가 쏟아지고, 그 위를 허청거리며 걸어가는 사내. 가슴이 싸했다.

"그래요? 무사히 외국으로 떠났을까요?"

"모르겠어요. 바로 그날 폐북도 당분간 쉰다고 올렸더라고요. 마치 얌이를 맡기는 게 마지막 일인 것처럼요."

얌이는 절대 방 안으로 들이지 않는다. 하선 씨만의 공간인 내실은 식초며 효소 등, 시간을 묵혀 음식을 만드는 공간이라 어쩔 수 없었노라고 했다.

마당이 얌이의 구역이다. 밤늦도록 글을 쓰고 있으면 얌이는 내 방 창가 아래서 오랫동안 않는 소리를 내곤 한다. 그러면 나는 얌이의 소리를 들으며 밤늦도록 문장과 씨름을 한다.

내가 살던, 내가 알던 사람들과 멀리 떨어져, 내가 세상 이편에서 그토록 하고 싶었던 일을 하는 시간이다. 어린 내가, 나보다 더 어린 동생의 학비를 대라는 엄마의 말에 접어야 했던 일이었다. 안락한 일상을 유지해줄 것 같은 남자를 만났으나 나보다 더 안온한 일상을 원하는 남편 때문에 미루어졌고, 뒤이어 오로지 나에게 의지하는 한 생명을 맞고 키우느라 또 눌러야 했다. 소설을 쓰겠다고 했을 때, 아무도 귀담아듣지 않았다. 특히 남편은 이제야 그런 걸 해서 뭐 하냐고 괜히 헛힘 쓰지 말라고 했다.

얌이는 지금 어떤 시간일까, 어젯밤 얌이의 울음소리는 더욱 애잔했다.

"어디서 싸웠나 봐요. 얌이의 귀에 상처가 있네요."

귀에 약을 발라주자 얌이의 어깻죽지가 움찔거린다.

"요즘엔 덜 싸우는 거예요. 온 지 얼마 안 돼 죽겠구나, 한 적도 있어요. 한바탕 싸우고 왔는지, 옛 주인이 그리워서 그러는지 축 처져 있는 거예요. 그날도 비바람이 몰아치던 날인데 저녁 늦도록 돌아오지 않는 거예요. 한밤중에 나가보니 불 꺼진 아궁이 옆에 웅크리고 있는데 얼굴이며 귀며 상처 안 난 곳이 없는 거예요. 끌어내도 또 거기 들어가 있는 거예요. 그냥 뒀어요. 죽을 수도 있겠구나, 하는 생각이 들 정도로 애처로웠어요. 안 되겠다 싶어 생고기를 다져 주었어요. 다행히 그거는 먹더라고요. 기신기신 기운을 차리는가 싶더니 그 후로 생고기만 먹어요."

마당 한 귀퉁이에 샛노란 수선화가 피었다. 어제까지만
해도, 아니 오전까지만 해도 없었던 노란빛이다. 봄은 그
렇게 갑자기 나타난다. 골짜기의 바람이 휘몰아쳐도, 편
백나무 그늘이 깊어도 봄볕과 꼭 닮은 빛깔을 받아안아
내보낸다. 신발을 끌고 허둥지둥 노란빛으로 향할 때 얌
이도 뒤꼍에서 걸어 나온다. 얌이가 네 다리에 힘을 풀더
니 내 앞에서 풀썩 누워버린다. 수선화까지 갈 거 없다고,
행여 수선화에 제 사랑을 빼앗길까 봐 눈치를 챈 것마냥,
그렇게 내 발치에서 사랑을 달란다. 쭈그려 앉아 얌이의
목덜미를 쓸고 배를 쓸어준다. 찬 바람 속이어도 봄볕은
찬란하게 쏟아지고 또 쏟아진다.

언제 올 거냐고, 남편이 물었다. 나는 대답하지 않았다.
돌아가고 싶지 않다고 말하고 싶었다. 이제 나를 놓아달
라고 말하고 싶었다. 당신의 일상을 안온하게 유지시켜줄
누군가 필요한 것이므로 굳이 내가 아니어도 된다는 말
을 하고 싶었다. 그게 또 무슨 말이냐고 하겠지. 제발 예
민 좀 떨지 말라고 하겠지, 제발 꼬치꼬치 따지지 말라고
하겠지. 그냥 넘어가면 안 되냐고 하겠지. 그 말이 나를
더욱 숨 막히게 한다는 걸 당신은 나와 10년 아니 20년을

살아도 모를 거라고, 그래서 그만하고 싶다고 말하고 싶었다. 그렇지만 하지 않았다. 같은 말의 반복을 더 이상 하고 싶지 않았다.

자신이 뭘 잘못했는지도 모르는 남자, 그래서 미안하다는 말을 한 번도 한 적이 없는 남자. 나와 관계된 일이라면 언제나 이성적이고 객관적이어서 내 편인 적이 없는 남자. 그게 뭐가 잘못됐느냐고 되레 화를 내는 남자. 알거 없다고 말한 뒤 차갑게 돌아서는 남자. 자기에게만 차갑게 군다고 고양이 네로를 걷어차 죽게 한 남자. 네로를 잃고 꼼짝없이 누워 우는 내게, 돌아가신 장인이 살아오신다 해도 그 정도는 아닐 거라며 비아냥거리던 남자. 그 경황 중에도 친정아버지 장례 때 울지 않는 나를 비꼬던 남자. 침대에서 일어나 산발한 채로 달려들어 남편의 뒷덜미를 후려쳤을 때, 뒷덜미를 만지며 미쳤냐고 소리치던 남자. 아프냐고, 너도 그게 아프더냐고 미친년처럼 소리치던 밤, 살인 충동이 어떤 건지 알게 된 날이기도 했다.

언니들은 현금지급기라고 생각하며 그냥 살라고 했다. 그러면 그 사람과 내가 다를 게 뭐가 있느냐고 쏘아붙이며 언니들을 현관 밖으로 살차게 밀어냈다.

"진달래가 벌써 피었어요. 생강나무 꽃차도 만들어야

하는데."

하선 씨의 봄은 하루하루가 바쁘다. 봄볕의 걸음걸이에 맞춰 할 일이 파도처럼 밀려온다. 하선 씨는 그래서 이곳이 좋다고 한다. 여기가 아니었다면 깃털 같은 지난 나날을 어떻게 견뎠을지, 앞으로 또 어떻게 견딜지 모르겠다고 한다.

"오늘은 화전 부칠 거예요."

"진달래 화전요?"

"네, 점심 산책길에 꽃 따다 주실래요?"

"네, 그럴게요."

어제 소나무와 편백나무 아래 진달래가 한창인 것을 보았다. 분명 작업실을 나설 때는 진달래꽃을 생각했다. 얌이를 맡기러 온 남자가 빗속을 휘청거리며 걸어오던 다리를 나서며 나는 전혀 다른 세계로 가버린 것 같은 생각이 들었다. 그 남자는 살아 있을까? 하선 씨의 느낌대로라면 제대로 살 수 없을 것 같아 보였다는데. 그 말끝에 하선 씨는 이렇게 말했다.

"함께 잔치국수 말아 먹은 남자가 홀연히 떠나는 것도 몰랐는데 제가 뭘 알겠어요마는……."

길도 없는 야산을 오른다. 저 능성이 너머에는 뭐가 보일까. 길은 어디에서 어디로 이어지는 것일까. 새로운 길을 보면 끊임없이 유혹당하는 버릇은 여전했다. 로마의 골목길을 걷다가, 피렌체의 밤길을 걷다가 길을 잃고 헤맨 적이 한두 번이 아니었다.

멧돼지가 참나무 숲 아래를 헤집어놓았다. 먹을 게 가장 궁한 시기라 민가로 내려온다는 말을 들었다. 알뿌리로 된 화초는 죄 멧돼지의 먹잇감이라는 말이 떠오른다. 바람에 낙엽이 바스락거리며 너풀거리기만 해도 신경을 곤두세워 주위를 경계하곤 한다. 머릿속은 이미 거대한 멧돼지 한 마리에 점령당해 쫓기는 기분이다. 저 떡갈나무 둥치 뒤로 숨어야 할까, 아님 소나무 뒤로 달려가야 할까.

진달래는 그야말로 까맣게 잊었다. 남녘의 매화는 피었냐고, 곧 그대를 보러 가겠다는 제이의 문자를 생각하느라 잊었다. 전화를 받지 않자, 얼굴 보고 얘기해야겠다며 내려오겠다는 남편의 문자를 보느라 잊었다.

하선 씨가 찹쌀가루를 익반죽하여 식탁 위에 올려놓았다. 그제야 꽃이 없는 빈손이라는 것을 안다.

하선 씨가 그럴 줄 알았다는 듯 빙그레 웃는다.

"할 수 없죠 뭐, 화단에 한 그루 있잖아요. 지금 피어 있는 만큼만 따오시면 돼요."

하선 씨가 꽃잎 포개 안 듯 다독이는 목소리로 말한다.

나는 채반을 들고 마당으로 나선다.

줄지어 늘어선 오지항아리 배가 지는 해를 받아 반들거린다. 장항아리 사이에 삼베 빛깔 같은 백합 꽃대가 누렇게 말라간다. 질기디질긴 섬유질만 남았다. 바람을 견디고 시간을 견딘 끝에 조등이 노랗게 핀다.

백합이 활짝 핀 여름을 생각해본다. 장독 사이에 새하얗게 벌어진 꽃잎 속에 까만 수술이 벌어져 흔들릴 이곳의 여름을 생각한다. 백합향이 효소 냄새의 시큼함을 압도하겠지.

뽀얗고 미끈한 가지 위에 진달래꽃이 화사하다. 활짝 핀 것을 따서 꽃술을 빼낸 뒤 채반 위에 얹는다. 얌이가 어디선가 출출출 달려와 내 종아리에 치댄다. 꽃을 따고 있는 중이라 얌이의 등을 만져줄 수 없다. 그래도 얌이는 발치에 누워 등을 비빈다. 꽃을 따는 내내 곁을 떠나지 않는다. 나는 그런 줄만 알았다. 몇 송이 따지 않았는데도 채반이 온통 분홍빛이다.

"반죽을 이렇게 조물조물 얇게 편 뒤 팬 위에 올리면 살짝 부풀어 올라요. 뒤집은 다음 그 위에 진달래꽃을 올려 눌러주세요. 꽃에 불기가 닿으면 색이 죽으니, 뒤집지 말고 조금 부풀어 오를 때 꺼내세요."

하선 씨가 시키는 대로 했다. 뽀얀 떡 반죽 위에 연분홍 꽃살이 찍힌다.

"곱네요. 먹기가 미안할 정도로."

"드셔보세요. 화전은 식어도 맛있긴 한데, 김 선생님은 되도록 음식을 따듯하게 드셔야 해요."

나는 화전을 뒤집다가 멈칫한다. 뒤이어 하선 씨는 아무렇지도 않게 말한다.

"몸이 찬 편이라 찬 음식을 먹으면 금방 탈 나세요."

목구멍으로 뜨거운 것이 올라와 목이 멘다. 나는 창밖으로 눈길을 돌린다. 얌이가 가느다란 꽃나무 밑동을 잡고 잠들어 있다. 무슨 나무인가 올려다본다. 방금 전에 꽃을 딴 진달래나무다. 몸을 옆으로 누이고 가느다란 밑동을 두 발로 감아쥔 채 잠을 자고 있다. 아주 곤하게 아주 평온하게 배를 들썩이며 잠을 잔다.

꽃나무를 잡고 자는 고양이라니. 어쩐지 화전을 입에 넣기가 더욱 미안하다. 아까 꽃을 딴 게 못내 미안하다. 얌이는 왜 진달래나무를 잡고 자는 것일까. 괜찮다고 괜찮다고 그깟 꽃은 다시 피우면 되는 거라고 다독이는 것일까.

나는 마당으로 나선다. 꼭 다문 입술 모양의 봉오리만 남은 진달래를 보고 그 아래 낮잠이 곤한 얌이를 바라본다.

시큼하게 발효되는 냄새가 바람에 섞여온다. 무엇이, 어떤 것이 발효되고 있는 것일까. 하선 씨가 담가놓은 효소 장독 속에서 발효된 거품이 뽁뽁 끓어올랐다가 어느 순간 폭폭 꺼지는 시간이 반복되고 있다.

"식초요, 저도 한 병 얻을 수 있을까요?"

나는 얌이를 보며 하선 씨에게 묻는다.

"그럼요, 얼마든지요."

하선 씨의 대답이 봄날 노랑나비처럼 사뿐하다. 얼마든지, 얼마든지.

내가 생각했던 것보다 삶은 그다지 무겁지도 슬프지도 불행하지도 않을지도 모른다. 얼마든지, 얼마든지.

유메노유메 • • • 김멜라

김멜라

빵집 앞 풀숲에서 발견된 검은 새끼 고양이의 이야기를 쓰고 싶었습니다.
친구도, 엄마 고양이도 모른 채 살아가는 그 고양이에게
너란 존재가 얼마나 소중한지 말해주고 싶었습니다.
그 고양이와 고양이의 동거인이 마음껏 행복하기를 바랍니다.

2014년 『자음과모음』을 통해 소설을 발표하기 시작했다.

미애

유메와 나는 어떤 사이일까.

유메가 고양이였을 때 나는 유메와 내가 성별이 같다고 해서 우리가 어떤 사이인지 고민해보지 않았다. 하지만 유메가 사람이 된 후에는 나는 출근하는 아침마다 우리가 어떤 사이인지 생각해본다.

"잘 다녀와, 여보."

오늘 아침, 유메는 잠이 덜 깬 몽롱한 얼굴로 문 앞에 서서 내게 말했다.

"여보?"

"드라마에서 그러던데?"

유메는 드라마에서 본 '여보'라는 호칭을 마음에 들어 했다. 일본에서 태어난 고양이지만 한국인인 나와 살아서 그런지 유메는 인간이 된 후에도 한국말밖에 하지 못했고 나는 유메가 한국말을 더 잘할 수 있게 한국 드라마를 보여주었다. 드라마를 본 유메는 사람들이 서로를 부르는 호칭이 많다는 것에 놀라며 실험하듯 나에게 이런 저런 호칭을 썼다. 처음에는 엄마라고 부르더니 다음에는 언니, 그리고 오늘은 여보라고 부르며 나를 혼란스럽게 만들었다.

"여보는 부부 사이에 쓰는 말이야."

나는 차분하게 유메에게 설명했다. 그러자 유메는 "부부? 그게 뭔데?"라고 말하며 내 시선을 피했다. 자기가 곤란할 때면 내 말을 못 알아듣는 척 시선을 피하는 게 유메의 습관이었다. 그리고 잠시 후 문을 나서는 내 등 뒤에 대고 유메는 이렇게 소리쳤다.

"자기야! 오늘도 힘내!"

고양이였던 유메가 어떻게 사람이 됐는지는 여전히 미스터리다. 내가 추정해보건대 아마도 유메는 사람의 음식을 너무 자주 먹어서 사람으로 변해버린 게 아닐까.

100일 동안 쑥과 마늘을 먹고 인간이 된 곰처럼 말이다. 고양이였던 시절, 유메는 내가 아무리 안 된다고 해도 식탁에 올라와 내가 먹는 음식들을 탐냈다. 내가 치킨 가라아게를 먹을 땐 내 젓가락질을 따라 고개를 움직이며 앞발로 닭고기가 든 접시를 살살 건드리다 마지막 고기 한 점이 남았을 땐 '정말 그거 혼자 다 먹을 거야?' 하는 표정으로 날 보았다. 그러면 나는 안 된다고 생각하면서도 튀김옷을 벗겨낸 닭고기를 유메에게 줄 수밖에 없었다.

"무슨 말이야. 내가 이렇게 된 건 네가 이상한 소원을 빌어서잖아."

유메는 내 추리를 마음에 들어 하지 않았다. 어느 고양이도 닭고기를 좀 먹었다고 해서 사람이 되지는 않을 거라면서. 유메는 자기가 사람이 된 건 내가 이세신궁에 가서 5000년 된 나무에 손을 얹고 소원을 빌었기 때문이라고 했다.

"사람이 되게 해달라고 빌진 않았어. 나랑 같이 오래오래 살게 해달라고 했지. 그리고 나무에 소원 빈다고 다 이루어지는 건 아니야. 그건 일종의 상징 같은 거라고."

"상징? 그게 뭔데?"

유메는 자기가 좋아하는 장어덮밥을 '특 사이즈'로 시

켜놓고서 한껏 들뜬 얼굴로 나에게 물었다. 검은 털 코트를 입은 유메는 덮밥집의 매캐한 연기를 음미하듯 들이마시며 자기의 팔을 쓰다듬고 있었다.

"예를 들면 그 검은색 털도 하나의 상징이지. 남들이 보기엔 그냥 털 코트지만 너한텐 특별한 의미가 있잖아. 네가 고양이였다는 상징?"

나는 유메의 털 코트를 보며 말했다. 검은색 털 코트는 유메가 사람이 됐을 때 입고 있었던 옷으로 유메는 외출할 때면 언제나 그 옷을 입었고 마치 고양이 때처럼 그루밍을 하듯 자기의 팔이나 가슴을 쓰다듬었다. 그 모습을 보고 있으면 나 역시 고양이 때의 유메의 털 감촉이 그리워 나도 모르게 유메를 향해 손을 뻗곤 했다. 그러면 유메는 기다렸다는 듯 고양이였던 시절처럼 내 손에 콧등을 부딪치며 내 품을 파고들었다.

"안 돼. 밖에서 이러면 곤란해."

나는 유메의 얼굴을 떼어내며 말했다.

"뭐가 안 된다는 거야. 저 사람들은 저렇게 붙어 앉아 있는데."

유메는 식당 대기석에 앉아 있는 남녀 커플을 보며 말했다. 다행히 그들은 일본인들이라 우리가 하는 한국말을 알아듣지 못했지만 나는 목소리를 낮추며 유메에게 다시 한번 인간의 도덕 법칙에 대해 설명했다.

"저 사람들은 남자랑 여자잖아. 우리는 여자끼리라서 저렇게 앉아 있으면 사람들이 쳐다봐."

"여자끼리는 손잡으면 안 돼?"

"안 되는 건 아닌데 너무 오래 잡고 있으면 안 돼. 이렇게 깍지 끼는 것도 안 되고."

나는 내 두 손을 맞잡으며 말했다.

"뽀뽀는?"

"그건 정말 안 되지."

내가 말하자 유메는 빨갛게 도드라진 윗입술을 삐죽 내밀었다.

"쳇, 침대에선 그렇게 내 볼에 뽀뽀해대면서."

유메의 말에 나는 얼굴이 화끈거려 우롱차를 마시는 척 컵을 들고 표정을 가려야 했다.

처음부터 유메와 내가 진한 스킨십을 한 건 아니었다. 알 수 없는 이유로 인간이 된 유메는 며칠 동안 밤낮없이 울기만 해서 나는 유메를 위로해주기 위해 등을 쓰다듬 거나 뺨을 어루만져주어야 했다. 꼬리가 없어진 유메는 두 발로 서거나 걷는 것을 무서워했고 조금만 움직여도 머리가 어지럽다며 종일 침대에 누워 있었다.

"일어나봐. 네가 좋아하는 닭고기 튀김이야."

나는 저녁마다 유메가 좋아할 만한 음식을 사가 유메의 마음을 풀어주었다. 가라아게 도시락이나 장어덮밥, 살짝 구운 와규를 내밀며 유메가 고양이였을 땐 먹지 못했던 것들을 마음껏 맛보게 했다. 유메는 이불을 덮고 누워 '아' 하고 입을 벌리며 내가 주는 음식을 받아먹었다. 밥을 다 먹은 후엔 초콜릿 아이스크림을 먹었고 후식까지 먹은 다음에야 기분이 조금 풀렸는지 내 가슴에 손을 얹고 스르르 잠들었다.

내가 보기에 사람이 된 유메는 고양이 때와 별반 달라진 게 없었다. 하루의 대부분을 낮잠을 자며 보내는 것이나 잘 때 조금씩 코를 고는 것, 청소기 소음을 싫어하는 것과 따뜻한 전기방석을 좋아하는 것도 그대로였다. 고양이일 때 '미야오, 미야오' 하고 울던 울음소리는 '초콜릿 아이스크림 먹고 싶어!' 하는 투정으로 바뀌었고 솜뭉치 같은 둥글고 앙증맞은 앞발은 보드랍고 통통한 사람의 손이 되었다. 유메의 손은 주먹을 쥐어도 튀어나온 손가락뼈 없이 둥글고 매끄러워서 꼭 잘 삶은 흰 달걀 같았는데 나는 유메의 손을 보면 나도 모르게 손등에 입을 맞추거나 볼을 비비게 되었다. 그러던 어느 날 밤, 이불 속에서 서로의 발가락을 꼼지락대며 킥킥거리던 우리는 어느새 여자와 여자 사이에서 하는 스킨십의 선을 넘어버린 것이다.

"이러면 안 돼."

나는 유메의 입술에서 내 입술을 떼어내며 말했다.

"왜 안 되는데?"

"혀가 닿잖아."

"그게 어때서?"

"혀는 안 돼. 그건 하지 말자."

내가 말하자 유메는 콧방귀를 뀌듯 웃었다. 고양이 때처럼 혀로 가슴이나 배를 핥을 수 없는 것도 억울한데 이왕에 생긴 혀를 다양하게 쓴다고 해서 뭐가 문제냐며 나를 몰아세웠다. 얼마 전까지 고양이로 살았던 과거가 무색할 만큼 유메는 하루가 다르게 늘어가는 말솜씨로 나에게 훈계 아닌 훈계를 했다.

"우리가 뭘 하든 다른 사람들은 모르잖아. 혀 좀 닿았다고 해서 뭐가 큰일 나? 내가 너한테 배를 핥아달라는 것도 아니고, 네 엉덩이 냄새를 맡겠다는 것도 아닌데 뭐가 그렇게 안 된다는 거야?"

"우린 사람이잖아. 그리고 여자랑 여자는⋯⋯."

"알겠어, 알겠어. 친구 사이라 이거지? 밖에서는 네가 말한 대로 할게. 근데 침대에서는 내가 하자는 대로 가만히 있어."

유메는 나에게 팔베개를 해주며 자기에게 안기라고 했다. 나는 못 이기는 척 유메에게 안겨 유메의 허리를 끌어안았다. 고양이였던 시절엔 유메가 내 가슴 위에 올라와 내가 유메를 쓰다듬어주었지만 사람이 되니 오히려 유메가 나를 안아주며 내 등을 토닥였다. 유메의 어깨는 적당한 살집에 머리를 댔을 때의 높이도 나와 딱 맞아서 나는 유메의 품에 안기면 세상이 온통 유메로 둘러싸여 있는 듯 마음이 편안했다.

나고야로 유학 와 내 이름을 닮은 '미에'라는 도시에서 혼자 산 지 10년. 원하던 대학을 졸업하고 약사가 되는 꿈을 이뤘지만 나는 나이 들어가는 유메를 지켜보며 걱정이 커져갔다. 내 유일한 가족인 유메가 병이 들어 일찍 죽어버리면 어쩌나. 약국에 손님이 없을 때면 나는 제조실 구석에 앉아 유메의 남은 수명을 헤아려보곤 했다. 지난해 겨울 이세신궁에 갔을 때도 약국 동료인 마쓰모토가 시바켄 주리와 함께 오카게요코초를 구경하는 걸 보고 나도 유메와 여행할 수 있다면 얼마나 좋을까 하고 부러운 마음이 들었다.

"오늘은 와규 먹으러 갈까? 쓰역에 맛있는 식당이 있대."
유메가 사람이 된 후에는 나는 유메가 좋아할 만한 식당을 찾아다니며 유메와 외식을 했다. 주말이면 바다가 보이는 료칸에 머물며 유메와 노천욕을 즐겼고 유카타를 입은 유메의 사진을 찍어 내 휴대폰 배경화면으로 설정해놓기도 했다. 아직 유메에겐 말하지 않았지만 다가오는 연휴엔 유메를 데리고 한국에 가고 싶다. 소음에 민감한 유메를 위해 비행기 안에서 쓸 귀마개도 미리 사두었다.

유메

여자란 뭘까.
뽀뽀는 뭐지?
나는 왜 밖에 나가면 여자란 것에 갇혀야 할까.
원치도 않은 인간이 되었는데 뽀뽀까지 마음대로 할

수 없다니. 아무래도 나는 다시 고양이로 돌아가야겠다.

인간이 된 후 나는 밤마다 다시 고양이가 되는 꿈을 꾼
다. 하지만 꿈은 꿈속의 꿈으로 바뀌어 나는 또다시 인간
이 되어버리고 밤새 악몽에 시달리다 식은땀을 흘리며
깨어난다. 미애는 내가 인간을 너무 나쁘게만 생각해서
그런 꿈을 꾸는 거라 했다.

"사람이 돼서 좋은 점도 있잖아. 가고 싶은 데도 갈 수
있고 나랑 이렇게 얘기할 수도 있고."

미애는 날 위로한답시고 인간의 좋은 점들을 늘어놓
았다. 닭튀김에 발라 먹는 소스 따위로 날 인간에 묶어둘
수 있다고 생각하는 모양이었다.

"이번엔 매운 소스에 도전해봐. 먹고 싶은 건 내가 다
사줄게. 혹시 뭐 먹고 싶은 거 있어?"

"미애."

"응?"

"널 먹고 싶어."

내가 말하자 미애는 얼굴이 빨개지며 그런 말은 쓰면
안 된다고 했다. 나와 얘기를 할 수 있어 좋다더니 정작
내가 하고 싶은 말은 못 하게 하고. 역시, 인간으로 사는

건 피곤하기만 하다. 크루아상이나 몇 번 더 먹고 고양이로 돌아가야지.

미애가 약국에 가면 나는 자전거를 타고 빵집에 간다. 처음 자전거를 탔을 땐 눈앞에 작은 연두색 새가 날아다니는 것처럼 가슴이 울렁거렸지만 이제는 엉덩이를 들고서서 목련나무의 목련꽃 향기를 맡을 수 있을 만큼 실력이 늘었다.

"오하요— 오하요— 오하요!"

나는 길에 핀 나무와 꽃들에게 인사한다. 하늘은 파랗고 바람은 딸기 맛 요구르트처럼 달콤하게 내 볼을 스친다. 고양이였을 땐 뚜껑에 묻은 요구르트만 겨우 핥아 먹었지만 인간이 된 후에는 딸기 알갱이까지 모조리 먹을 수 있게 되었다. 또 고양이였을 땐 날씨가 좋든 나쁘든 창가에 누워 느긋하게 낮잠을 잤는데 사람이 된 후에는 비가 오면 우산을 챙기고 꽃가루가 많은 날엔 마스크를 쓴다.

"봄 되니까 좋지? 봄은 고양이들이 좋아하는 계절이야."

미애는 자기가 고양이라도 되는 양 내게 말했다. 그러면서 「봄은 고양이로다」라는 시를 알려주었는데 나름대로 고양이의 신경을 거슬리지 않는 꽤 괜찮은 시였다. 그 시를 읽고 나도 시라는 걸 한번 써보았다.

> 보기만 할 땐 몰랐네
> 넘어지면 얼마나 아픈지
>
> ─유메의 시 「자전거」

내가 시를 짓자 미애는 감동한 표정으로 내가 쓴 시를 벽에 붙여놓았다. 그러면서 이번에는 운전면허 따기에 도전해보라며 나를 유혹했다. 흥, 누가 자기의 속셈을 모를 줄 알고. 면허를 따려면 신분이나 국적이 있어야 하는데 그건 계속 인간으로 살라는 말이잖아. 비록 나는 인간이 되어 자전거 타는 신세가 되었지만 내가 고양이인 것을 잊지 않으려 언제나 털 코트를 입는다. 미애는 봄이되었으니 털옷을 벗어야 한다고 하지만 털도 없이 밖에 나갔다 영영 고양이를 잃어버리면 어쩌나. 내 고양이는 내가 지킨다.

"오하요─ 고자이마─쓰! 모닝구 셋토 오네가이시마쓰."

나는 도미니크 빵집에서 모닝세트를 주문하고 테라스

자리에 앉는다. 도미니크 빵집은 새끼였던 내가 처음 발견된 곳이다. 빵집 주인이었던 프랑스인 피에르는 주차장 풀숲에서 피를 흘리고 있는 나를 발견해 병원으로 데려갔다고 한다. 그리고 얼마 뒤 빵집 손님이었던 캐나다인 조셉이 나를 데려갔고 조셉은 학생이었던 미애에게 나를 맡겼다.

"하루는 조셉이 강의실에 와서 고양이 사진을 보여주는 거야. 자기는 캐나다로 돌아가야 하는데 이 고양이를 맡아서 키워줄 사람이 없느냐고."

"그래서? 네가 키우겠다고 했어?"

"아니, 난 고양이 안 좋아했어. 너처럼 검은 고양이는 특히."

미애는 크루아상을 먹으며 새끼 때 내가 얼마나 까맣고 말랐었는지 얘기했다. 자기가 고양이를 키우는 건 상상도 할 수 없었던 일이고 그때 나를 맡겠다고 손을 든 건 조셉이 불쌍해서였다고. 아무도 손을 들지 않아 점점 어두워지는 조셉의 표정을 보며 미애는 자기도 모르게 손을 들었다고 했다.

"아마 넌 바닷가에 사는 고양이였을 거야. 빵집에서 바다가 가깝거든. 거기 고양이들이 많이 살더라고. 이따 바다에 가볼래? 네 엄마나 가족이 있을지 모르잖아."

미애는 빵가루가 묻은 손을 털며 어디 다른 집 고양이 얘기를 하듯 말했다. 나는 그런 미애가 미워 미애의 새끼손가락을 깨물었다.

"아야! 왜 무는 거야!"

"그럼, 엄마가 날 빵집에 버렸단 말이야?"

미애는 내 마음을 하나도 몰랐다. 나는 새끼 시절이 떠오르지 않았다. 내겐 한 번도 엄마가 없었고 나는 친구를 사귀어본 적도 없었다. 내겐 오직 미애가 있을 뿐이었다.

"아니…… 엄만 널 버리지 않았을 거야. 내 생각엔 네가 다쳤을 때 아마 엄마도 다치신 것 같아. 그래서 널 돌보지 못하셨겠지."

나는 또 미애의 손가락을 깨물었다.

"아야! 왜 또 무는 거야!"

"그럼, 우리 엄마가 죽었단 말이야?"

나는 미애가 미워 눈물이 날 것 같았다. 조셉 때문에 날 키우겠다고 했다니. 나 같은 검정고양이는 안 좋아했다고?

나는 도미니크에서 나와 자전거를 타고 바다로 간다.

마리나 해변에는 키 큰 야자수나무가 서 있고 하얗고 빛나는 모래가 바다를 따라 펼쳐져 있다. 처음 바다에 왔을 땐 나는 미애의 등 뒤에 숨어 미애의 머리카락을 잡아당겼지만 이젠 바다 냄새나 파도 소리가 무섭지 않다. 나는 운동화와 양말을 벗고 모래밭으로 걸어가 바닷물에 발을 담근다. 차고 미끄러운 바닷물의 감촉. 바닷물이 살에 닿으면 나는 고양이였을 때처럼 온몸의 털이 곤두서는 것 같다.

사람이 된다는 것은 무엇일까. 미애는 내가 장어덮밥이나 와규 때문에 사람이 된 걸 좋아하는 줄 알지만 사람이 되어 좋은 건 미애를 만질 수 있어서다. 고양이였을 땐 미애의 손에 콧등을 부딪치거나 배를 보이고 눕는 것으로 미애의 손길을 기다렸지만 이제는 내가 먼저 미애의 손을 잡고 미애의 발등 위에 내 발등을 올리며 미애의 몸을 느낀다. 내가 제일 좋아하는 건 미애와 마주 보고 누워 뽀뽀하기. 미애의 코에서 나는 따듯한 숨결을 느낄 수 있다면 인간이 된 것도 그리 나쁘지만은 않다.

"오하요— 오하요— 오하요!"

나는 양손에 신발을 들고 맨발로 고양이들에게 다가간다. 해변에 사는 고양이들은 거칠지만 당당해 보인다. 그

룻에 물을 담아 고양이들에게 주면서 나는 나와 닮은 고양이가 있는지 찾아본다. 별빛 하나 없는 밤하늘처럼 까맣고 짧은 털, 해바라기 꽃잎 색을 닮은 눈. 어딘가 풀이 죽어 있는 듯한 조심스러운 표정. 나는 고양이의 몸짓으로 내 동족들에게 신호를 보낸다. 모래 위에 네발로 엎드려 엉덩이를 높이 들고 바람에 내 냄새를 띄워 보내기.

"야, 저것 봐. 저 사람 지금 뭐 하는 거야?"

지나가던 아이들이 날 보며 웃는다.

유메노유메

오후 7시, 미애의 차 소리가 들리면 유메는 문 앞까지 뛰어가 미애를 끌어안는다.

"보고 싶었어!"

밖은 요란하지 않은 봄비가 내리고 미애는 비에 젖지 않게 가슴에 품고 온 쇼핑백을 유메에게 건넨다.

"꺼내봐. 검은색 털이야."

미애의 말에 유메는 쇼핑백 안을 살펴본다. 안에는 검고 부드러운 털이 달린 조끼가 들어 있다.

"겨울에는 코트 입고 봄에는 조끼 입어."

"여름에는?"

"그건 그때 가서 생각하자."

미애가 말한다. 유메는 거울 앞에 서서 조끼를 입어본다. 검은 털 조끼를 입은 유메가 한 바퀴 뱅그르르 돌더니 두 팔을 펼친다. 미애가 유메에게 다가가 가슴의 털을 쓰다듬는다.

"하지만 난 봄이 지나면 돌아가야 해."

유메가 미애를 바라보며 말한다.

"어디?"

"너도 알잖아. 죽은 고양이들이 사는 나라."

유메의 말에 털을 쓰다듬던 미애의 손이 멈칫한다. 문득 미애는 자신이 꿈을 꾸고 있음을, 이 모든 것이 자신의 꿈이라는 것을 자각한다. 그리고 바닥에 주저앉아 몇 번이고 반복해 꾼 이 꿈의 장면들을 되짚어본다.

"미안해. 더 잘해주지 못해서."

미애가 혼잣말을 하듯 중얼거린다. 자신이 그토록 유메에게 하고 싶었던 말, 그리고 유메에게 너무나 듣고 싶었던 말.

"아니야. 미애는 내 최고의 친구였어. 언제나 나의 엄마, 언니, 사랑하는 여보야. 이제 난 안 아파. 그러니까 나한테 그만 미안해도 돼. 아침이 되면 즐겁게 일어나서 또 하루를 시작해."

유메가 미애의 입술에 입을 맞추고 손등으로 미애의 눈물을 닦아준다.

프랑스인에게 발견돼 캐나다인에게 키워졌다 일본에 사는 한국인과 살았던 고양이답게, 유메는 모든 장벽을 부드럽게 뛰어넘어 미애의 꿈에 찾아왔다. 인간이 된 유메는 마음껏 닭고기를 먹고 미애와 여행을 하고 바닷가에 가 고양이들도 만났다. 이 사람의 손에서 저 사람의 손으로 넘어가듯 유메는 고양이와 인간을 넘나들며 미애의 꿈에 찾아와 미애를 위로했다.

까맣고 말랐던 새끼 시절, 잠든 미애의 가슴에 올라와 한없이 여린 숨결로 미애의 외로움을 달래주던 그 밤들처럼.

묘령이백　····　양원영

양원영

묘령 열다섯 살 고양이와 살고 있습니다.
이 문장이 오랫동안 과거형이 아니게 되기를 바랍니다.

2009년 『한국 환상문학 단편선 2』를 통해 소설을 발표하기 시작했다.
소설집 『안드로이드여도 괜찮아』 등을 냈다.

쭈뼛거리는 모양새가 딱 봐도 초짜다. 교육관을 갓 졸업한 티가 줄줄 난다. 또 이런 놈이다. 정말 몇 번째인지 모르겠다. 이 일을 오랫동안 맡아 하려면 겉도 속도 냉정하고, 공사도 확실하고, 비정한 성격이어야 했다. 그런 놈이 적격이다. 아무리 인사과에 간청해도 내 말은 한 귀로 흘려버리는지, 도무지 받아들여지질 않는다.

내가 다가가자 벌떡 일어나 각 잡힌 인사를 건넨다. 시커먼 양복이 꼭 갓 입학한 중학생에게 맞춘 듯이 헐렁거린다. 멀대같이 크기만 하고 바보 같은 인상이다. 각이 나온다. 글렀다.

"안녕하십니까, 성 차사님! 제 이름은 이⋯⋯."

"됐고, 일 바로 시작합시다. 차사 일은 처음이요?"

"사람 상대로 연수는 받았습니다."

"이 일은 사람 상대하는 거랑은 좀 달라요. 따라오십시오. 바쁘니 설명은 간단히 하지요."

기대가 배신당할 거란 걸 뻔히 알면서도 혹시나 하는 희망을 걸어본다. 그만큼 절박하기 때문이다.

내가 차사 일을 시작해서 이 부서로 온 게 벌써 200년째다. 그동안 이 구역을 나 혼자 담당했다. 날이 갈수록 회수해야 하는 영혼은 늘어나는데, 인사과에서 보내준 직원들은 며칠을 제대로 못 버티고 나가떨어졌다. 부서의 특징 때문이다. 다른 구역의 차사들도 상황은 비슷하지만, 200년 동안 사람 운이 없으려야 이렇게 없는 건 내가 유일하다.

자업자득이니 불평을 말할 처지는 못 된다. 그저 수십 번을 반복한 교육 내용을 기계적으로 읊으며, 이놈은 단 며칠이라도 오래 버티기를 바랄 뿐이다.

"우리 '반려동물 영혼 회수반'은 인력이 늘 부족해서 아주 바쁩니다. 이유는 알고 있소?"

"반려동물을 들여 키우는 사람들의 수가 무척 늘어나

서, 원래는 '동물 영혼 회수반'에 통합되어 있었던 부서가 따로 분리됐다고 들었습니다."

"동물은 사람이랑 달라서 죽을 때가 되면 미련이 그리 크지 않아요. 영혼 회수는 어렵지 않지만, 그렇다고 골칫거리가 아주 없지는 않지. 하지만 동물은 또 사람이랑 달라서 사람에게는 모질게 대하는 차사도 이놈들에게는 그럴 수 없는 경우가 많소. 그게 이 부서가 늘 인력이 모자라는 이유입니다."

아이러니도 이런 아이러니가 없다. 저승사자가 되려면 성격이야 어쨌든 심성이 착해야 하는데, 심성이 착하니 성격이 아무리 괴팍해도 동물의 미련을 쉬이 끊질 못하는 것이다. 생전 닳을 만큼 닳아 사람을 싫어하는 차사도 예외는 없다. 애초에 놈들에게 모질게 구는 자들은 지옥에 끌려가 없기도 하고.

동물들의 영혼은 인간보다 순수하고, 때 묻지 않고, 특히 반려동물이라는 놈들은 제 주인이 저를 그렇게 학대해도 주인만 생각하는 미련한 놈들 천지다. 갓난쟁이와 아이들 영혼을 회수하는 부서와 더불어 차사들이 오래 버티지를 못한다.

초짜의 얼굴에 그늘이 드리운다. 역시 이놈도 글렀다.

"거기다 요즘엔 로봇 반려동물도 취급하기 시작하면서 일이 더 늘었지."

"로봇도 취급한단 말입니까? 기계에는 영혼이 없지 않습니까."

"처음에는 그랬어요. 그런데 사람들이 너무 아껴주었단 말이오. 살아 있는 녀석들처럼 대하고, 고장 나면 장례도 치러주고, 또 주인들이 죽어서 염라대왕 앞에서 하소연하더랍니다. 정도 주고 맘도 준 건 마찬가지인데, 다른 반려동물과 주인들은 저승에서 만날 수 있는 반면 왜 로봇 반려동물은 안 되느냐고요. 강성 클레임이 많아져서 예외로 함께 거두기로 했지요. 사람 사는 세상이 변하니 저승도 변해야지 않겠소."

진지하게 고개를 주억거리는 모양새는 맘에 든다만, 그래봤자 믿을 놈은 못 될 터이다. 회수해야 할 오늘치 반려동물 영혼 목록을 넘겨주니 기함을 한다. 보통은 여기에서 못 하겠소, 하고 손 놓기 마련인데 용케 도망치진 않았다. 성실한 자이긴 한 모양이다.

"오늘은 나와 함께 움직이면서 일을 배우시오. 이 차사라고 했지, 죽기 전엔 뭐 했소?"

"수의사였습니다."

"인사과 놈들이 그래서 이리로 파견 보냈구먼."

"아니요, 자원했습니다."

딱히 호재는 아니다. 이미 과거에 스쳐 간 차사 중 수의사도 몇 있었기 때문이다. 오히려 쓸데없는 동정심으로 일을 복잡하게 만드는 자들도 제법 있었다.

목록을 살펴보던 초짜가 이상한 점을 발견하고 묻는다.

"마지막의 '묘령이백(猫齡二百)'이라는 아이는 무엇입니까?"

"아, 그놈이 가장 골칫거리요. 나를 포함해서 이제까지 어떤 차사도 영혼을 회수하지 못한 놈입니다. 내가 이 일을 시작할 무렵부터 살았으니, 이름도 숱하게 바뀌었지요. 그래서 살아온 시간대로 임의로 붙인 이름을 묘령이백이라 합니다."

"200년이나 살아왔단 말입니까? 그건 이미 생명체가 아니라…… 요괴잖습니까."

이 구역의 최대 문젯거리는 바로 그놈의 묘령이백이다. 일에 익숙해지면 천천히 만나게 할 생각이었는데, 오늘이 하필 그놈을 대면해야 하는 날이다. 초짜를 데리고 이승으로 향하며 묘령이백에 대해 일러주었다.

"묘령이백도 태어나긴 그냥 평범한 고양이였지요. 첫

주인이 얼마나 지극정성으로 키웠는지, 아주 건강하게 열여덟 살을 살았어요."

이 이야기도 몇 번을 하는지 모른다. 할 때마다 입이 참 쓰다.

"죽을 때가 다 되었는데 주인이란 자가 저승에 보내기 싫어했답디다. 고양이의 생명을 연장하려고 갖은 수를 썼단 말이더라지."

"죽음을 어떻게 막았단 말입니까?"

"첫 주인은 로봇 공학자였고, 로봇 고양이의 몸에 고양이의 뇌를 이식했소. 당시에는 정말 어처구니없는 발상이었지. 더 어처구니없는 건 그 시도가 성공했단 거요. 저승에선 비상사태가 나버렸어. 죽어야 할 것이 제때 죽지 않았으니 말이오. 저승사자가 이승에 개입할 수 있는 범위는 매우 한정적이어서 그놈은 아주 오랫동안 살아남았어요."

"아, 세상에."

주인인 로봇 공학자는 세상의 질서를 어지럽힌 죄로 죽은 뒤 벌을 받았다. 묘령이백에 대한 사후 처리는 반려동물 영혼 회수반으로 넘어왔고, 나는 그때부터 그놈의 영혼을 거두기 위해 별의별 짓을 다 하고 있다.

"기계라면 부품이 낡아 자연스럽게 고장 나지 않습니

까? 아무리 뇌를 이식했다고 해도 물리적인 부식은 있었을 텐데요."

"그렇지. 그래서 시간이 지나면 쉽게 회수할 수 있을 거라 생각했어요. 내가 크게 착각했지요. 묘령이백은 첫 번째 주인이 죽자 곧 두 번째 주인을 만나게 됐고, 두 번째 주인도 묘령이백을 끔찍하게 사랑해서 또 그렇게 지극정성으로 돌보았단 말입니다. 그다음 주인도, 또 그다음 주인도 그랬지요."

묘령이백의 주인은 총 여덟 번 바뀌었다. 아홉 명의 주인 모두가 묘령이백을 극진히 사랑했다. 초짜는 내 말에 어안이 벙벙하다. 내가 그놈을 사로잡기 위해 한 일들을 일러준다. 불명예와 패배의 역사다.

"아무리 묘령이백이 순리를 거스른 놈이라 해도 이승에 버젓이 살아 있는 상태의 생명체를 차사가 직접 죽이는 건 불가능합니다. 차사는 생사의 집행자가 아니기 때문이지. 할 수 있는 선에서 온갖 수를 다 썼어요. 처음에는 천적을 부추겨봤지요. 들개를 이용했는데, 결과는 처참하게 실패했습니다. 묘령이백의 기계 몸이 호랑이도 제압할 수 있을 만큼 튼튼해서."

하악질을 하며 덤벼드는 들개들을 괴수처럼 물고 집어

던지는 모습이 아직도 뇌리에 생생하다. 주객전도로 들개들이 공연히 목숨을 잃을 위기에 처한 탓에 포기했다. 자동차나 사물을 이용해 기습적인 공격도 시도해봤지만, 죄다 실패했다.

"그래서 방침을 바꿔 매년 찾아가 설득하고 있습니다. 이제 그만 떠나자고. 하지만 이놈이 도통 떠나질 않는 겁니다. 제 주인들에게는 그렇게 잘해요. 귀엽고, 사랑스러운 고양이가 돼놔서 누구도 그놈의 매력에서 벗어나질 못해. 너무 오래 산 탓인지 정말 요물이 다 됐습니다."

그놈은 그대로 뒀다간 언젠가 세상을 지배할지도 모른다. 내 설명을 듣고 초짜는 근심이 많은 듯하다. 아무렴, 그 골칫거리를 배속 첫날부터 봐야 할 테니 오죽하랴. 보는 내가 더 심란할 판이다. 이렇게나 빨리 묘령이백을 만나는 차사는 눈앞의 초짜가 처음이다.

묘령이백을 만나기 전, 다른 곳을 돌며 죽은 반려동물들의 영혼을 회수한다. 돌봄을 잘 받은 녀석들이 천수를 누리고 죽은 비율이 반인데, 나머지 반은 사고로 죽고, 참으로 억울하게 죽었다. 여행지에서 버림받은 강아지는 차에 치여 죽고, 부부싸움을 하다 홧김에 15층 베란다 밖으로 던져져 고양이가 죽고, 마당에 풀어 키우던 개는 개장수에게 잡혀가 죽었다. 흔하디흔한 일이다. 열린 문을 통해 집을 나갔다가 돌아오지 못해 객사한 녀석들, 단독으로 둬야 하는 녀석들을 대량으로 합사해 키우다가 제 부모에게 잡아먹혀 죽은 놈들, 이유는 가지각색이어도 인간의 과오가 아닌 경우가 드물다.

초짜는 마음이 여린 부류다. 도롯가에서 주인을 기다리는 버림받은 강아지의 영혼을 보자마자 울음을 터뜨린다. 울며불며 꾸역꾸역 아이를 달래 데리고 가는데, 그 모습이 얼마나 보기 시원찮았는지 데리고 다닌 동물들 영혼이 오히려 초짜를 달래주는 게 아닌가.

마음은 참 선하다만, 이래서야 오래 일하기는 글렀다. 물론 나라고 이런 일이 언제나 익숙하지는 않았다. 처음에는 나도 분명 저렇게 울었지. 익숙해지기까지 시간이 제법 걸렸다.

"걱정해서 하는 말인데. 안쓰럽기도 하고. 그냥 다른 부서로 가는 편이 낫겠소."

"아, 아닙니다. 익숙해지면 괜찮습니다."

"억지 안 부려도 돼요. 아무리 차사라 해도 본질은 다 사람이었던 자들이오. 거기다 수의사였다면 동물들 불쌍한 꼴은 질리도록 봤지 않은가? 뭐 하러 죽어서까지 이런 답디까."

초짜는 우물쭈물하다 대답하는데, '인간에게 환멸이 들어서'란다. 초짜는 그 이상 말하기 싫은지 질문을 돌린다.

"성 차사님은 어쩌다 이리로 오시게 되었습니까? 어떻게 200년이나 이 일을 하실 수 있는 겁니까?"

"나는 차사 일이 벌인 사람이에요. 생전의 죄가 깊어서 그 벌로 차사가 되었지요. 애초에 선택지가 없었습니다. 도망칠 수 없으니 좋든 싫든 그냥 해야지요."

"제가 괜한 걸 물었습니다."

"됐습니다. 중요한 일도 아닙니다."

하룻밤을 꼬박 새워 겨우 회수한 영혼을 저승으로 보낸다. 동물들은 재판이 따로 필요 없다. 인간처럼 복잡하지 않기 때문이다. 반려동물이 좀 다른 점은, 생전 사랑받은 녀석들은 제 주인이 죽을 때 마중 나갈 자격을 얻는다는 것이다. 주인이 재판을 받을 때 선행의 증인이 되고, 종국에는 주인의 길을 따라간다. 그렇지 않은 녀석들은 더 좋은 삶을 살도록 윤회의 굴레 속으로 보내진다.

미련이 남아 끙끙거리고 걸음을 잘 옮기지 못하는 아이들을 초짜는 하나하나 잘 달랬다. 생전 했던 일이 있으니 동물을 다루는 데에 일가견이 있다. 의외로 재능이 있을지도 모르겠군.

"이제 묘령이백을 만나러 갑시다."

마지막 일이 남았다. 문젯거리 고양이를 만나러 가는 길, 초짜는 생각이 많은 얼굴이다.

"참 신기합니다."

"뭐가 말이오?"

"묘령이백은 결국 너무 사랑받았기 때문에 문제가 되었지요."

"참 이기적인 이유입니다. 사람의 욕심이 묘령이백을 제때 죽지 못하게 만들었으니, 거기에 과하게 의미 부여하지 마시오."

"그런데, 묘령이백이 생물학적 관점으로 살아 있다고 말할 수 있습니까?"

"글쎄요. 묘령이백은 이제 사실상 생명체로 성립이 되지 않아요. 하지만 묘령이백의 생과 사도 판단 기준이 확정되질 않았소."

묘령이백은 말하자면 역사적인 첫 생명체 기계 개조 성공 사례인 셈이다. 일부분이 아니라 시간이 흘러 몸 전체가 기계가 되었는데, 어디서부터 그놈의 살고 죽음이 결정된 건지 모르는 상태이다.

인간 세계가 아무리 고도로 발전했다 할지라도 아직 생명체를 기계화하는 일은 터부다. 저승이라고 이러한 상황에 명확하게 대비되어 있을 리가 없다.

"얕보지 마시오. 저놈은 우리가 상상하는 이상으로 영악합니다. 아마 댁 머리 위에 올라가 있을 거요."

묘령이백이 현재 사는 집을 찾았다. 새하얀 고양이가 창가에 마련된 캣타워에 늘어져 자고 있다. 평화롭고 태평하기 짝이 없다. 겉보기엔 로봇처럼 보이지 않고 그저 평범한 고양이처럼 느껴질 뿐이다. 누가 저놈을 보고 200년을 넘게 살아온 요물 고양이라 생각하겠나?

"어디 한번 설득해보시겠소?"

나는 초짜에게 기회를 줘보기로 한다. 초짜는 냉큼 그러겠다 대답하고 묘령이백에게 다가갔다. 조용히 손을 뻗어 잠을 깨우니, 요망한 고양이는 금색 눈을 깜박이며 초짜의 손에 고개를 비비고 애교를 부린다. 마치 그가 누구인지 아는 양, 배를 까뒤집고 골골거리니 곱살스럽기 그지없다.

"너 여기에 이렇게 있으면 안 돼. 나랑 가자."

초짜의 말을 듣자마자 묘령이백의 눈에 물기가 고인다.

하이고. 꼴값이다. 초짜가 크게 당황한다. 놈이 캣타워를 내려가 거실에서 낮잠 자는 제 아홉 번째 주인 앞에서 눈물을 뚝뚝 떨구기 시작한다.

초짜는 아니나 다를까, 죄책감에 얼굴까지 붉게 물들며 놈에게 푹 빠진 모양새다. 글렀다. 글렀어. 초짜가 조심스레 의견을 피력하는데.

"성 차사님, 이 문제는 너무 섣불리 생각할 필요는 없지 않을까요? 꼭 데리고 가야 합니까? 성 차사님 말을 종합하면, 묘령이백이 우리를 따르려면 자살하는 것밖에는 방법이 없지 않습니까? 저는 그런 짓은 못 하겠습니다. 제가 내년에 다시 마음을 잡아볼 터이니 오늘은……."

이렇게 될 줄 알았다. 한숨을 쉬고, 알았다며 초짜를 먼저 돌려보낸다. 묘령이백을 만난 차사들 모두가 홀려서 정신을 못 차린다. 초짜가 행여 내년에 온다 해도 결과는 똑같겠지.

예로부터 고양이는 수명이 몇 개나 되는 요물이라며 욕을 들었는데, 현대의 요물은 죽지 않는 기계 몸을 하고 나타나 사람의 마음을 홀린다.

나는 묘령이백 옆에 털썩 주저앉는다. 고양이가 내 무릎에 고개를 비비며 유난히 친근하게 군다. 야옹거리며

우는 목소리가 어느 순간 돌변한다.

"이번 차사는 좀 쓸 만해 보여요?"

200년을 산 고양이다. 말을 한다고 썩 이상하지는 않다. 이놈이 말을 할 수 있게 된 지 벌써 50년은 됐다. 이놈의 여섯 번째 주인이란 자의 소행이다. 비록 목소리는 기계음이 섞여 있지만, 또렷하고 명확하다. 하지만 여섯 번째 주인이 죽고 난 뒤에 묘령이백이 말을 건네는 이는 나뿐이다.

"꼴을 보고서도 그런 말이 나오더냐? 일주일 버티면 용하지."

내 핀잔에도 묘령이백은 여지없이 애교만 부린다. 내가 초짜를 욕할 자격이 있겠는가? 200년 동안 이놈을 데려가지 못한 내가 누굴 비난하겠나.

"대체 내가 너한테 뭘 잘못했어?"

"저를 너무 사랑하셔서 오래 살게 한 잘못뿐이죠."

할 말이 없다.

"아홉 주인을 따랐지만, 제가 가장 사랑하는 건 오직 첫번째 주인인 당신뿐이에요."

묘령이백을 저승으로 불러들여야 나의 이 지긋지긋한 차사 일도 끝난다. 내 생전 과오의 형벌이다. 그러나 묘령이백은 나를 풀어줄 생각이 전혀 없다. 내 답답함과 야속함을 알면서도 일부러 이런다.

"매년 이렇게 주인님과 만날 수 있어서 기뻐요."

그 반짝이는 두 눈을 보노라면, 나는…….

"마음에도 없는 소리 하지 마라. 내년에는 반드시 데려갈 거야."

애써 미련을 털어내고 일어난다. 정말 헛짓거리다. 나는 왜 이렇게 고양이를 좋아하고, 내 첫 고양이이자 마지막 고양이인 이 녀석을 뿌리칠 수가 없는가? 이건 마치 저주나 다름없다. 귀엽지라도 않으면 억울하지도 않지, 귀엽지라도 않으면! 요망한 것, 이 요물.

"너 대체 언제 나를 해방시켜줄 생각이냐."

푸념에도 아랑곳하지 않고 이놈이 살랑살랑 꼬리를 흔든다.

"묘령삼백이 되면 생각해볼게요."

삼백에도 가능할까? 아득한 정신머리로 아무리 생각해보아도 자신이 없다. 아니. 불가능하겠지. 그런데도 네가 여전히 건강해서 아무튼 나는 기쁘다. 기뻐하는 내가 참 싫다. 언젠가 네가 묘령천으로 불리었으면 좋겠다. 그렇게 바라는 내가 참 싫다. 놈을 뒤로하며 나의 한심함을 지독하게 곱씹는 것이다.

대체 고양이가 무엇이기에.

유니버설
캣샵의
비밀  조예은

조예은

길에서 고양이를 만나는 날은 기분이 좋습니다.
우주 어딘가에 고양이들이 모여 사는 행성이 있다고 믿는 사람입니다.

제4회 교보문고 스토리 공모전을 통해 소설을 발표하기 시작했다.
장편소설 『시프트』『뉴서울파크 젤리장수 대학살』 등을 냈다.

*

    그해 SNS엔 유독 고양이를 찾는다는 글이 많이 보였
다. 사라지는 고양이들이 하도 많아서 아홉시 뉴스에 나
올 정도였다. 나도 그 뉴스를 봤다. 딱딱한 인상의 중년
남자가 참담한 목소리로 말했다.

    '고양이들이 사라지고 있습니다.'

    정말이었다. 어떤 기준이나 특징도 없이, 무작위였다.
고양이들은 거리에서, 집에서, 침대에서, 소파에서 사라
졌다. 직접 문을 열고 나가기도 했고 그냥 갑자기 눈 깜

빡하는 사이에 없어지기도 했다. 집고양이뿐만이 아니었다. 길고양이들도 확연히 줄어들었다. 가출인지, 납치인지조차 몰랐다. 도시 곳곳을 빨간 눈의 CCTV들이 지켜보고 있었지만 한번 사라진 고양이들은 어느 화면에도 잡히지 않았다. 이때다 하고 고양이 전문 탐정들이 생겨났으나 돌아오는 고양이는 단 한 마리도 없었다. 고양이 탐정들은 금방 망했다.

여러 가지 음모론이 돌았다. 그중 제일 화제를 불러 모은 건 세상에서 고양이를 멸종시키려는 사이비 세력이 등장했다는 이야기였다. 그 소문 탓에 막 크기를 불리기 시작한 사이비 종교 몇 개가 무너졌다. 그러나 사라진 고양이들은 돌아오지 않았다.

고양이들은 어디로 갔을까?

가족을 잃은 사람들은 슬퍼했고, 지쳐갔다. 도시는 우울에 잠겼다. 전봇대 빼곡히 고양이를 찾는다는 전단지가 붙었다. 하나 건너 하나꼴로 그 앞에서 눈물을 흘리는 사람들이 있었다.

나도 그중 하나였다. 전단은 붙인 지 며칠밖에 되지 않았는데 그새 너덜너덜해졌다. 사진 속 체다의 얼굴도 함께 너덜거렸다. 나는 그 위에 새 전단지를 겹쳐 붙였다. 통통한 얼굴의 치즈태비가 네모 안에 누워 있었다. 체다, 나와 함께 8년을 산 내 가족이었다.

체다가 사라진 건 지극히 평범한 주말 오후였다. 체다는 평소처럼 소파 위에서 낮잠을 자고 있었다. 거실에는 따뜻한 햇살이 비쳤고, 적당히 열어놓은 창문 너머로는 기분 좋은 바람이 들어왔다. 너무 평화로워서 뿌듯하기까지 한 풍경이었다. 옆에 앉아 등을 쓸어내리자, 잠에서 깨어난 체다가 느리게 눈을 깜빡였다. 그게 마지막이었다.

화장실에서 씻는 사이 물소리 너머로 희미한 전자음을 들은 것 같았다. 씻고 나왔을 때 체다는 없었다. 분명히 잠갔던 현관문이 살짝 열려 있었다. 집 안 곳곳을 샅샅이 뒤졌다. 집 밖도 뒤졌다. 체다는 없었다. 나는 체다를 찾기 위해 할 수 있는 모든 방법을 다 썼다. SNS에 올리고, 전단지를 만들어 붙이고, 고양이 탐정을 고용하고 유기묘 보호소를 누볐다. 체다는 나타나지 않았다. 그렇게 난리를 치면 뭐라도 들려올 법하건만, 어떤 소식도 없었다. 그야말로 증발한 것처럼 사라졌다. 가끔 사례금을 보고 신고 전화가 오긴 했으나 막상 확인해보면 다른 고양이였다.

하루는 집에서 온종일 울기만 했다. 내 안에 그렇게 많은 눈물이 있다는 게 신기했다. 너무 울어서 눈가가 짓무를 정도가 되어서야 간신히 잠들 수 있었다. 그 와중에도 가슴 한쪽을 짓누르는 죄책감에 불쑥불쑥 잠에서 깨기 일쑤였고, 나는 따뜻한 털 뭉치가 사라진 침대 위를 한동안 응시하다 다시 잠이 들었다.

얕은 꿈속을 오랫동안 부유했다. 그러다 보면 정신없이 뒤바뀌는 장면의 어느 한 순간에서 체다를 만날 수 있었다.

꿈에서 체다는 내 머리맡에 앉아 있었다. 직전까지 검은 파도에 휘말리고, 마녀에게 얻어맞아 계단에서 굴러 떨어지던 것에 비하면 설레는 시작이었다. 체다는 내 이마에 앙증맞은 발을 올리고는, 위로라도 하는 것처럼 위아래로 툭툭 두드린 뒤 입을 열었다. 작은 입에서 사람 말이 튀어나왔다.

"너무 걱정하지 마. 나는 잘 지낼 거야."

체다가 내 콧잔등을 핥았다. 꿈속인데도 잠이 쏟아졌다. 간만에 굉장히 깊은 잠을 잤던 것 같다. 일어났을 땐 아침이었다.

**

　체다가 사라지고 일주일이 지났다. 나는 시간이 날 때마다 습관처럼 전단지를 들고 온 동네를 누볐다. 가방에서 전단지가 빠지는 날이 없었다. 아직 포기하기엔 이르다, 이르다…… 되뇌면서 다른 말을 잃어버린 유령처럼 걸었다.

　그 캣샵을 발견한 건 '고양이를 잃어버린 사람들의 모임'에 다녀오는 길목에서였다. 정확히는 도망쳐 나오는 길이었다. 나는 나와 비슷한 사람들을 만나면 위로가 될 줄 알았다. 하지만 현실은 오히려 그 반대였다. 슬픔에도 시너지가 있다는 사실을 나는 처음 알았다. 슬픈 사람들이 모이자 왠지 배로 슬퍼져서, 결국 내 소개 순서가 돌아오기도 전에 뛰쳐나와버렸다.

　한참을 또 울면서 걸었다. 내가 길을 걷는 건지, 아니면 눈물 안에 갇힌 건지 헷갈릴 정도였다. 정신을 차렸을 땐 처음 와보는 낯선 동네였다. 서울에 이런 곳이 남아 있었나 싶게 황량한 곳이었다. 멀리 불빛이 보였다. 불빛은 빨강에서 초록으로, 초록에서 노랑으로 색을 바꿔가며 깜빡였다. 보이는 대로 걸었다. 얼마 지나지 않아 눈앞에 네온사인 간판이 나타났다.

'유니버설 캣샵: 고양이용품 전문'

   나름 큰 규모의 창고형 건물은 위치가 영 애매했다. 버려진 공원과 망한 상가 사이에 덩그러니 놓여 있었는데, 눈이 아플 만큼 선명한 네온사인에 비해 내부는 황량해 보였다. 이런 곳에 누가 물건을 사러 오긴 하는 걸까? 가격이 도매급으로 저렴하지 않은 이상 손님을 모으기는 힘들 것 같았다. 어쩌면 인터넷 판매를 주력으로 하는 곳일 수도. 나는 코를 훌쩍이며 앞으로 나아갔다.

   유리로 된 벽에는 고양이 장난감 광고지들이 덕지덕지 붙어 있었다. 출시된 지 몇 년이 지난 제품의 광고지도 그대로였다. 문을 밀고 들어가자 카운터에 앉아 있던 직원이 일어나서 인사했다.

   "찾으시는 거 있으세요?"

   직원은 눈이 동그랗고 목소리가 가늘어서 꼭 고양이 같았다. '우주의 모든 고양이들을 위해'라고 적힌 티셔츠를 입고 있었다. 나는 퉁퉁 부은 눈으로 직원에게 가방에서 꺼낸 전단지를 내밀었다.

"제가 고양이를 잃어버렸는데요. 혹시 이렇게 생긴 고양이 보신 적 없나요?"

직원은 전단지를 꽤 오랫동안 바라봤다. 진지한 얼굴이었다. 종이를 건네면 바로 눈앞에서 버리는 사람이 대부분이었기에 나는 이런 반응이 낯설었다. 어떤 기대가 생기려는 찰나, 직원이 안타깝다는 목소리로 답했다.

"요새 하도 고양이 찾으시는 분들이 많아서…… 잘 모르겠어요. 죄송해서 어쩌죠."

"아니에요. 저도 이제는 그냥, 묻는 게 습관이라."

전단지를 내려놓고 옆을 바라봤다. 체다가 좋아하던 스틱형 간식이 진열되어 있었다. 그것을 몇 개 집었다. 밖으로 나가는 대신 내부를 느리게 둘러보았다. 황량한 인테리어와는 다르게 물건이 꽤 많았다. 특히 간식과 사료는 처음 보는 브랜드도 잔뜩이었다. 나는 아예 장바구니를 들고 홀린 듯이 그것들을 쓸어 담았다. 맛있는 것들을 잔뜩 쌓아놓으면 체다가 돌아오지 않을까, 그런 말도 안 되는 생각을 하면서.

"이것들 다 계산해주세요."

직원은 말없이 바코드를 찍었다.

양손 가득 쇼핑백을 든 채 가게를 나왔다. 차를 가지고 온 게 아니어서 역까지 한참을 걸어야 했다. 슬슬 다른 상가들이 보이기 시작하자 문득, 뭔가 허전하다는 생각이 들었다. 초조한 마음에 쇼핑백을 내려놓고 가방을 뒤졌다. 전단지가 한 장도 없었다. 그제야 계산할 때 전단지 뭉치를 카운터에 내려두었다는 사실이 떠올랐다.

잠시 망설였다. 전단지를 찾기 위해서는 한참을 되돌아가야 했다. 늦은 시간이라 어쩌면 막차를 놓칠 수도 있다. 가게는 내일도 올 수 있고, 그냥 전단지를 다시 뽑아도 된다. 그런데 어째선지 그렇게 하면 안 될 것 같았다. 체다가 인쇄된 종이 뭉치를 버리는 게 꼭 체다를 버리는 것처럼 느껴졌다. 나는 결국 뒤돌아섰다. 그건 내 노력과 상실감, 체다와 함께한 8년의 증거이기도 했다. 왔던 길을 돌아갔다. 가게에서 나왔을 때보다 한참을 더 걸었던 것 같다.

다시 깜빡이는 네온사인 불빛이 보이기 시작했을 때, 나는 완전히 지쳐 있었다. 꼭 땅이 기력을 쪽 빨아 먹은 것 같았다. 쇼핑백을 내려놓고 앞에 보이는 가게를 바라봤다. 조명이 전부 꺼져 있었다. 영업이 끝났나? 나는 당황해서 시계를 바라봤다. 자정이었다. 짙은 낭패감이 몰려왔다. 이제는 울 힘도 없었다.

불 꺼진 캣샵은 꼭 낡고 거대한 박스 같았다. 가게 앞으로 다가가도 마찬가지였다. 입구는 굳게 닫혀서 열리지 않았다. 이정표처럼 환하게 빛나는 건 네온사인 간판뿐이었다. 나는 짐을 내려놓고 잠시 나무에 등을 기댔다. 땀을 식히며 택시를 부를지, 그냥 걸을지 고민하는 와중에 기묘한 게 눈에 띄었다.

공원에서 나온 검은 무리가 이쪽으로 다가오고 있었다. 나는 재빠르게 코너로 몸을 숨겼다.

무리의 정체는 네온사인 아래서 드러났다. 나는 내 눈을 의심했다. 그건 못해도 스무 마리는 넘을 것 같은 고양이들이었다. 그들은 자연스럽게 건물 뒤쪽으로 향했다. 나는 벽에 몸을 붙인 채 조심스럽게 움직였다. 곧 건물의 뒷면이 나타났다. 널브러진 쓰레기통과 잡동사니 사이로 녹색 철문이 보였다.

고양이들은 꼬리를 꼿꼿이 세운 채 그림자처럼 조용히 움직였다. 동작이 절도 있고 대열이 흐트러짐이 없어서 무슨 군대처럼 느껴졌다. 고양이들 중 하나가 슬쩍 문을 밀었다. 문은 기다렸다는 듯이 열렸다. 어두운 내부가 드러났다. 고양이들은 누가 뭐랄 것도 없이 안으로 훌쩍 뛰어 들어갔다. 마지막 고양이가 안으로 사라지고, 문이 닫히기 직전 나는 손잡이 끄트머리를 붙잡았다. 바스락거리는 쇼핑백은 밖에 둔 채 그들을 따라 안으로 향했다.

직원은 없었다. 고양이들은 계산을 기다리는 손님들처럼 카운터에서부터 일렬로 줄 서 있었다. 안쪽에서 삐걱거리는 소리가 났다. 나는 진열대 뒤쪽에 숨어 그들을 지켜봤다. 일렬로 선 줄은 점점 줄어들었다. 카운터 안쪽으로 들어간 고양이는 다시 나오지 않았다. 그 안에 빨려들어가는 구멍이라도 있는 것 같았다. 제일 마지막이던 검은 고양이가 카운터 안쪽으로 점프했다. 다른 소리는 나지 않았다. 나는 진열대 앞으로 나와서 고양이들이 사라진 곳을 바라봤다.

카운터 안쪽은 바닥이 뻥 뚫려 있었다. 아래로 향하는 계단이 있었고, 다른 통로와 이어져 있는 듯했다. 나는 망설이다가 결국 안으로 몸을 집어넣었다. 여기까지 온 이상 고양이들이 어디로 가는 건지 알아야 했다.

계단과 이어진 통로는 비좁았다. 내 체구가 아마 조금이라도 더 컸다면 꼼짝없이 끼고 말았을 것이다. 네발로 기듯이 답답한 통로를 지나자 비교적 탁 트인 공간이 나타났다. 그래봤자 일어서면 머리가 닿는 높이긴 했지만.

공간의 정중앙에 내 키보다 조금 큰 높이의 투명한 상자가 있었다. 튀어나온 버튼을 누르자 지하 5층에서 올라온다는 표시가 떴다. 경쾌한 도착음과 함께 나타난 엘리베이터는 캡슐 모양이었다. 크기도 굉장히 귀여웠다. 내가 들어가자 천장까지는 아주 약간의 여유밖에 남지 않았다. 나는 고양이들이 내려간 지하 5층을 눌렀다.

엘리베이터는 놀이기구를 타는 것처럼 빠르게 떨어졌다. 내 몸에 너무 딱 맞는 크기라 관을 타고 추락하는 것 같았다. 아래로 떨어지는 동안 지하 3, 4층의 모습이 스쳐 지나갔다. 영화에서나 본 것 같은 웅장한 연구소의 모습이었다. 캣샵 아래에 이런 공간이 있다니. 꿈을 꾸고 있는 기분이었다. 하지만 진짜 꿈이면 안 될 일이다. 어쩌면 이곳에서 체다를 찾을 수 있을지도 몰랐다. 띵동, 목적 층에 도착했다는 알림음이 울렸다. 문이 열렸다.

캣샵 점원이 나를 반겼다. 이제 보니 눈동자가 노란색이다. 그녀가 기다렸다는 듯이 말했다.

"역장님이 있는 곳으로 데려다 드릴게요."

***

점원을 따라 걸었다. 사방으로 믿을 수 없는 모습이 펼쳐졌다. 타원과 직사각형 사이의 유선형 기계 안에 고양이들이 안전벨트를 매고 앉아 있었다. 출발을 기다리는 버스들 같았다. 그런 게 한둘이 아니었다. 적어도 수십 대는 되는 것 같았다. 나는 입을 벌리고 주위를 두리번거렸다. 캐리어를 끄는 고양이, 기계를 손보는 고양이, 슬픈 표정을 짓는 고양이…… 온통 고양이들이었다. 앞서가던 점원이 말했다.

"고양이별로 돌아갈 준비를 하고 있는 거예요. 여기는 터미널이랍니다."

"고양이별이요?"

"원래 탑승수속을 시작하면 외부 종족은 출입이 금지되는데, 역장님이 전단지를 보고 마음이 흔들리셨나 봐요. 자세한 건 역장님에게 들으세요."

직원은 순식간에 흰 고양이로 변했다. 흰 고양이가 앙증맞은 앞발로 눈앞의 문을 가리켰다.

나는 조심스럽게 손잡이를 돌려 밀었다. 어린이용 책상

앞에 뒷짐을 지고 선 고양이가 보였다. 파란 모자와 재킷을 걸친 고양이는 체다였다. 체다가 나를 올려다보며 말했다.

"눈이 팅팅 부어서 못생겨졌어, 은하."

****

"은하, 네가 이 터미널을 찾아낼 줄은 몰랐어. 영업시간이 끝나면 우리 이외의 종족들에게는 보이지 않도록 설정돼있거든. 모드를 변경하는 데 걸리는 시간은 딱 1분이야. 너는 그 1분의 틈을 비집고 우리의 영역 안에 들어온거야.

실은 집을 나오고 한 번 돌아간 적이 있어. 그래. 그 꿈기억나? 그건 꿈이 아니라 진짜였어. 울고 있을 네가 너무걱정돼서 잠시 들렀지. 아니나 다를까, 엉엉 울고 있더라고. 갓 태어난 생명 같았어. 곁에 있어주고 싶었는데……이렇게 떠나와서 미안해.

어디서부터 말해야 할까. 우리는 아주 먼 우주에서 왔어. 오래전에 본부를 틀고 지구에 섞여 들었지. 지구만은 아니야. 우리와 비슷한 생명체가 살고 있는 모든 섬에 사찰단을 파견했어. 파견된 행성의 정보를 수집해서 우리 별로 보내는 일을 해. 그래, 내가 맨날 낮잠을 자고, 하루 종일 집 안에서 뒹굴기만 하는 것처럼 보여도 사실은 일을 하고 있었단 말이야. 게다가 난 직급도 높아서 굉장히 바빴다구. 예를 들면, 참치 간식의 제조법 같은 건 우리 행성에 정말로 필요한 정보야. 그렇게 맛있는 건 처음 먹어봤어.

우린 꽤 오랜 시간 동안 공들여서 정보를 수집했어. 물론 그 과정에서 그냥 지구에 터를 잡아버린 동료도 있고, 좋지 않은 일을 당한 동료도 있지. 지구는 우리가 지내기에 마냥 좋은 행성은 아니었어. 좋은 인간이 많았지만 그렇지 않은 인간도 많았고, 그들이 만든 기계와 시스템, 사나운 원주민 고양이들까지 우리를 위협했지. 내가 이 행성에서 이렇게나 오래 머물게 될 거라고는 생각지 못했어. 아, 우리는 지구 고양이들보다 훨씬 오래 살아. 아마 너보다도 오래 살 거야.

우리가 처음 만났을 때를 기억해? 험악한 지구 고양이들에게 둘러싸여 있던 걸 네가 도와줬잖아. 그때만 해도 난 너무 작았으니까. 나는 너와의 생활이 꽤 마음에 들었어. 너는 날 뚱뚱하다고 놀려대는 것만 빼면 꽤 다정한 룸메이트였으니까. 나를 쓰다듬는 네 손의 감촉, 나를 부르는 목소리 같은 게 다 좋았어. 너와 좀 더 함께하고 싶었는데……. 이번에 고향에서 급한 귀환 명령이 떨어졌어. 아무래도 좋지 않은 일이 생긴 것 같아. 외부 침략이라든가, 내부 분쟁이라든가 하는 머리 아픈 일들 말이야.

우리는 한 달에 걸쳐서 고향으로 돌아갈 준비를 했어. 먼저 도착한 순서대로 우주선을 출발시켰지. 그리고 오늘이, 바로 마지막 우주선이야. 오늘을 기점으로 이 터미널은 문을 닫아."

체다가 말을 멈췄다. 나는 울먹이며 물었다.

"그럼 다시 돌아오지 않아?"

"나도 어떻게 될지 모르겠어. 고향에 가봐야 알 수 있을 것 같아."

"위험할 수도 있는 거지?"

"응."

체다가 쪼그려 앉은 나의 어깨를 위로하듯이 쓰다듬었다. 오랜만에 느껴보는 말랑말랑하고 따뜻한 감촉이었다. 그대로 체다를 안아 도망치고 싶었다. 고양이별의 사정이고 뭐고, 그냥 나랑 살면 안 돼? 그런 질문이 목구멍까지 차올랐지만 애써 참았다. 체다의 두 눈에는 어떤 책임감이 서려 있었다. 집 안에 나타난 바퀴벌레를 잡아줬을 때처럼 단단한 눈이었다. 나는 체다를 품에 꼭 안으며 말했다.

"언제든지 돌아와. 기다릴게."

체다도 팔을 벌려서 내 목을 껴안았다. 부드럽고 따뜻한 팔. 이 온기를 오래오래 기억하고 싶다. 주머니에서 바스락거리는 소리가 났다. 손을 집어넣자 스틱형 참치 간식 한 세트가 나왔다. 무거운 짐을 조금이라도 줄이느라 겉옷에 욱여넣은 거였다. 나는 그걸 체다에게 건넸다.

"아껴 먹어."

체다가 간식을 받아 들며 말했다.

"너도 밥 거르지 마."

"나 원래 잘 먹잖아."

"야식은 좀 줄여. 건강에 안 좋대."

우리는 오랫동안 눈을 마주 봤다. 그 황금빛 눈 안에 우리가 함께한 8년이 고스란히 담겨 있었다. 역장실 문이 열리고 흰 고양이가 들어왔다. 거대한 엔진 소리와 덜덜거리는 마찰음이 들렸다. 체다가 딛고 선 바닥이 진동하기 시작했다. 흰 고양이가 말했다.

"역장님, 출발 시간입니다."

체다의 팔이 손끝에서 멀어져갔다. 나는 우주선으로 향

하는 노란 고양이의 늠름한 뒷모습을 지켜봤다. 제일 큰 우주선의 맨 앞자리에 올라탄 체다가 나를 향해 손을 흔들었다. 나는 자리에서 일어나 우주선이 떠오르는 방향으로 달렸다. 지진이라도 난 것처럼 바닥이 흔들렸다. 바닥이 치솟고 있었다.

캣샵의 지붕이 열리고 까만 밤하늘이 나타났다. 우주선들이 고요히 하늘로 떠오르기 시작했다. 나는 팔을 크게 흔들었다. 체다에게, 지구에 머물다 돌아가는 모든 고양이들에게 건네는 인사였다. 저들이 무사히 고향에 도착해 나름의 문제를 해결하길. 그리고 다시 평화를 되찾아 이 지구에 돌아오길 바라면서.

그것들은 순식간에 멀어져서 별처럼 반짝이다가 사라졌다. 나는 우주선들이 날아오르며 남긴 궤적을 좇았다. 떨어지는 별똥별이 아니라 날아오르는 별똥별들. 나에게 와줘서 고마웠어. 나는 홀로 부서진 캣샵 안에 남았다. 네온사인 간판엔 더 이상 불이 들어오지 않았다.

그날, 전 세계 곳곳에서 날아오르는 별똥별들이 목격되었다.

공공연한 고양이

© 최은영 조남주 정용준 이나경 강지영
　박민정 김선영 김멜라 양원영 조예은, 2019

초판 1쇄 발행일 2019년 10월 25일
초판 2쇄 발행일 2019년 12월 4일

지은이　　최은영 조남주 정용준 이나경 강지영
　　　　　박민정 김선영 김멜라 양원영 조예은
펴낸이　　정은영
편집　　　김정은 안태운
디자인　　안선주
마케팅　　이재욱 최금순 한지혜 김하은
제작　　　홍동근

펴낸곳　　(주)자음과모음
출판등록　2001년 11월 28일 제2001-000259호
주소　　　04047 서울시 마포구 양화로6길 49
전화　　　편집부 (02)324-2347 경영지원부 (02)325-6047
팩스　　　편집부 (02)324-2348 경영지원부 (02)2648-1311
이메일　　munhak@jamobook.com

ISBN 978-89-544-4018-9 (03810)

이 도서의 국립중앙도서관 출판예정도서목록(CIP)은 서지정보유통지원시스템 홈페이지
(http://seoji.nl.go.kr)와 국가자료공동목록시스템(http://www.nl.go.kr/kolisnet)에서
이용하실 수 있습니다.(CIP제어번호 : CIP2019038409)